小説の読み方・論じ方

『はるか群衆を離れて』についての10章

十九世紀英文学研究会 編　福岡 忠雄 監修
渡 千鶴子・菅田 浩一・高橋 路子 編著

音羽書房鶴見書店

はじめに

『はるか群衆を離れて』はトマス・ハーディの公刊された小説の中では第四作目にあたるが、彼の生涯に占める重要性という点で、公私にわたってランドマーク的作品となっている。まず「公」の面では、この作品によって彼の小説家としての地位が確立したということ。この時ハーディは三四歳。まだ駆け出しの小説家で、ほとんどその名を知られていなかった。その彼に幸運をもたらしたのは、当時のイギリス文学界でその名も高い文芸誌『コーンヒル』の主幹レズリー・スティーヴンだった。ハーディの第二作目にあたる『緑樹の陰で』を気に入った彼が、ハーディに連載小説の執筆を依頼してきたのである。それに応えて書かれたのがこの小説で、これを読んだ人は皆、この作品がハーディの他の作品に比べて一段と力のこもった、入念そのものの文章から出来上がっているという印象を持つはずで、これなどは、いかにハーディがこの機会を絶好のチャンスととらえ、この作品に賭けていたかを物語るものである。スティーヴンの期待にたがわず、一年間『コーンヒル』に連載されたこの作品は、発表早々から好評を博した。当時は、まだ無名の作家の小説は著者名なしで出版されていたために、小説界の目覚ましい新星の登場に戸惑った書評家が、ジョージ・エリオットを影の作家と推量したことなどは、その成功ぶりを如実に物語るものである（本書中の高橋和子論文参照）。

では「公私にわたる」の「私」の方はどうか。ハーディの実質的自伝である『トマス・ハーディの生涯』中、『はるか群衆を離れて』執筆の頃を回顧した一文の中に次のようなくだりがある。「彼はその年の秋に、ある意図を実行に移すことに決めていた」。文中の「ある意図」とは交際中のエマ・ギフォードとの結婚を指す。つまり、この小説は彼の結婚に至る恋愛活動と並行して書かれたのである。

『コーンヒル』での成功が、彼のその後の作家としての輝かしい将来を約束するものであったとすれば、それと同時進行していたエマへの求愛、そして結婚は、彼のその後の私的生活、特に幾多の角逐と軋轢を重ねた夫婦関係の始まりでもあった。その意味で、この小説は作家としてのハーディと生活人としてのハーディの両面にわたって重要なモニュメントとなった作品なのである。

この作品がこれほどに成功を収めた原因の一つは、ハーディがほぼ完璧にパストラルの定型を再現したことにあると言える。パストラルとは、一言でいえば、都会人の田園への憧れを満たすもの、「苦役」から解放され「閑暇」に身を任すファンタジーとしての農村生活を描く文芸形式のことである。ドーセットの片田舎に生まれ育ち、農村社会の裏表に精通したハーディが何より得意とする分野であることは間違いない。満天の星が明滅する空の下で羊のお産に立ち会う羊飼い、収穫を祝う宴会での農場労働者たちの交歓、嵐の到来を予兆する大小の生き物たちの蠢動の詳細などど、パストラル的お膳立ては過剰なまでに盛り込まれている。

しかし、もしそれだけであったら、当時の読者の間で一時的人気が沸騰することはあっても、現在に至るまでハーディ五大主要作の一つと称されるほどの評価を得ることはなかったであろう。パストラルとしての表面上の完璧さの間から瞥見される農村社会の実態、即ち、農場経営の不安定さ、農業労働の過酷さ、労働者階級をさらに階級化する身分制度、男女関係に関する社会的不平等など、ハーディが精通していた「農村社会の裏表」のうちの「裏」の部分、それこそがこの作品に、単なるパストラル的ファンタジーを越えて、本格的「ハーディ文学」の一角としての厚みと奥行きを与えているのである。

『「テス」についての13章』で始まった本シリーズも数えて本書で四作目になる。以下に続く諸論文が果たして「ハーディ文学の厚みと奥行き」にまで届いているかどうか、副題にある「小説の読み方・論じ方」への寄与をどこまで実現しえたかは、お読みいただいた方々の判断にお任せするしかない。幸いにして、卒論、修論、博論など諸論文執筆を目の前にしている若い学徒はもちろん、同業研究者の方々への考えるヒントとして、お役に立てたとしたら望外の喜びである。

二〇一六年九月

福岡　忠雄

目次

第一章　バスシバを巡る三人の男性たち
――オウクを中心にして――

北脇　徳子

一

『はるか群衆を離れて』はヒロインのバスシバ・エヴァディーンと彼女に求愛する三人の男性たちの物語である。ノークーム・ヒルで羊の飼育をしている牧場主、ゲイブリエル・オウクは、叔母の下で乳搾りの仕事をしているバスシバに惹かれプロポーズするが、あっさり断られた直後、二〇〇頭の羊を失い無一文になるという災難に見舞われる。一方、バスシバは亡くなった叔父の遺産を継ぎ、ウェザーベリー・アパー・ファームの農場主になる。オウクは、彼女の農場の麦におが燃えている場に居合わせ、火を消しとめた功績を認められて、羊飼いとして彼女に雇われることになる。ここまでが、物語の序章となっている。

その後の物語は、ウェザーベリーの悠久の時の流れの中で行われる農牧作業を背景にして進んでいく。移ろいゆく季節に合わせて、羊を洗う作業、羊毛刈り、麦の収穫などの風景が描かれ、自然の脅威と闘う人間の姿が力強く描かれる。この「人物を配した風景画」(Hawkins 52) こそ、ハーディ文学の特色となるものである。

バスシバは横柄で独立心が強く、行動力はあるが、その行動は無謀で衝動的、コケティッシュで、気分が変わりやすく、男性のお世辞に弱い。恋愛においては失敗したり苦悩したりするが、彼女には農場を運営していく情熱と才覚があり、男性にも負けない知性とヴァイタリティがある。その美貌と大胆な行動力で、「穀物市場の女王」(二六章)として農場主たちの注目を集め、叔父の立派な後継者として承認される。彼女に生涯の愛を誓ったオウクは、農牧業に精通した知恵と技術で、常に彼女を支える。序章で描かれるバスシバとオウクの関係は、彼女の男性遍歴を経て、二人の結婚で最終章を迎えるのである。

この作品の舞台は農村社会である。したがって、「仕事上の能力が最初に人物を判断する基準となる」(Langbaum 84)。農場主として責任感の強いバスシバは、オウクの能力を高く評価して、彼の助言を求めながら経営にあたる。彼女の最も大きな過ちは、軍人のフランク・トロイの性的魅力に屈して結婚したことである。トロイは、妻だけではなく、農場をも危機に陥れる危険人物である。もう一人の求愛者は、バスシバの農場に隣接するリトル・ウェザーベリーの農場主ウィリアム・ボールドウッドである。彼もまたバスシバに対する報われぬ恋に精神を病み、本業の農場経営を怠る。トロイとボールドウッドは、農村社会では生きていけないのである。

本稿ではバスシバを巡る三人の男性たちに焦点をあて、彼らがヒロインの人生にどのように関わっていくのかを論じる。バスシバは、自らの軽率な行動がボールドウッドの人生を狂わせて、トロイを死に追いやったことに苦しんだ後、ようやくオウクの誠実な支えなしには生きていけないことに気づくのである。

二

ボールドウッドは、「ローマ人の容貌」と「威厳」(一二章)を持ち、「教区のこの辺鄙な田舎の自慢できる、最も貴族に近い人物」(一八章)であると紹介されている。近隣の人々とはほとんど交際をしないで、超然とした態度でリトル・ウェザーベリーの有能な借地農場主として暮らしてきて、今はもう中年の域に達している独身の男性である。彼の表面に現れている落ち着きは、「桁外れの互いに対立する力の完璧なバランス――積極的な力と消極的な力のみごとな調和」の結果であり、実は、内には「熱帯的な激しさの温床」(一八章)を秘めているのである。この「二面性のある性格」(Goode 22)の均衡が崩された時、彼は正気を失い、手に入らないものを執拗に激しく追い求めて、自己破滅の道をまっしぐらに突き進んで行くことになる。

穀物取引所で、すべての男性の視線を集めているバスシバを、まったく見ていない一人の男性、それがボールドウッドである。彼は「一度も振り向かず、道のはるかかなたをじっと見つめたままで、バスシバの魅力もまるで薄い空気であるかのように、無意識にうわの空で通り過ぎていった」(一二章)。この地区の名士から一瞥もされないことに、女性としての誇りを傷つけられたバスシバは、聖ヴァレンタインの日に、「私と結婚せよ」（一三章）という匿名のカードをボールドウッドに送る。ボールドウッドの性格を知る由もないバスシバは、ただ自分に目を向けて欲しいという女性の欲望だけに突き動かされて、衝動的に行動してしまうのである。

マージョリー・ガーソンはこの出来事を次のように分析している。


バスシバがボールドウッドにヴァレンタイン・カードを送ったことに関しては、無責任であるが、二月一四日は、人が「結婚せよ」という挑発をまったく真剣に受け止めない、一年の中の一日であることを、理解できないウェセックスの唯一の男性に、カードを送ったことは確かに不運である。(Garson 32)

ボールドウッドには相談する肉親も友人もなく、地域社会とも繋がりがなく、村人たちの生活のリズムからも疎外されているので、ヴァレンタインの持つ符号が読めない。彼がもっと地域の人々と共に生き、現実を見る能力があれば、バスシバのカードを単なる無邪気ないたずらと考えたであろう。しかし、バスシバが無謀にもカードを送った男性は、それを深刻な啓示として受け止めたのである。

ボールドウッドは、自分以外の人に目もくれずに過ごしてきたからこそ、自分の危険な性格をコントロールして、農場経営に専念しながら、静かな落ち着いた生活を送ってこられたのである。彼の威厳と超然とした態度の根源にあるものは、J・B・ブレンの言葉を借りれば、「ボールドウッドの盲目」(Bullen 77) である。ローズマリー・サムナーは、それを「自分自身以外のいかなるものも見る能力がない」(Sumner 52) と表現している。ブレンは、彼がバスシバを見る能力がないのは、「道徳上の弱さではなく、生理学的な病弱」のせいであり、「彼は、姿や身振りを見ているが、それらを理解できないのである」(Bullen 77) と分析している。その実証として、ボールドウッドが初めてバスシバを見て、その視線に彼女が感づいたことを知った時の彼の反応を、次のように説明している。彼は「自分の新しい感受性に、あまりにも多くの光があてられた」ので、「無知や、恥ずかしさや疑いの混じった圧倒されそうな激しい感情に駆られて」(一八章)、彼女の心を読めずに立ち去ってしまうのであると。

ボールドウッドは、バスシバを見ていない。バスシバにプロポーズした後も、「視線を地面に落として、自分がどこにいるのかわからない人のように長い間たたずんでいた」(一九章)。彼女の確約を得ようと必死に哀願するが、当の彼女の反応をまったく見ていない。「彼は、彼女を一人の人間として少しも意識しないで、自分自身の本望を満たす対象として扱っている」(Sumner 52) のである。彼のこの自己陶酔はますます激しくなる。これが「彼の悲劇的な弱さ」(Dave 74) となる。

ボールドウッドは、自らの激情にさいなまれ、精神に破綻をきたす。彼の異常な精神状態は、「威厳のある鳥が、堂々と見せるための羽を脱ぎ捨てたみじめな姿」(二三章) をさらしてまでバスシバに懇願する場面にも表れている。彼の狂気は、時には怒りの爆発になり、暴力になる。彼は、彼女の浮気を糾弾し、次にトロイに彼の怒りの矛先を向ける。

バスシバと結婚したトロイが、ファニー・ロビンと彼女の子供の遺体に衝撃を受けて、失踪し、溺死したと伝えられると、ボールドウッドの希望が再び燃え上がる。それは、「時が過ぎても、環境が変わっても、悪いうわさであろうと、よいうわさであろうと、弱まったり、挫けたりする可能性のない盲信的な狂気」(四九章)である。クリスマス・パーティで、トロイの失踪から七年目にバスシバと結婚するという夢の実現を、トロイの突然の出現で再び妨害されたボールドウッドは、絶望のあまり彼を銃で撃つ。そして自ら絞首刑になるべく刑務所に出向く。ところが、嵐の夜に麦におを放置して大きな損害を被ったことや、バスシバ・ボールドウッドと書いた名札がついているバスシバ好みの服や装飾品が、屋敷で数点見つかったことによって、彼は精神異常だと鑑定されて無期禁固刑となる。

三

ボールドウッドに射殺されるトロイは、浮気者の女たらしで女性の運命を狂わせる悪漢である。トロイの系譜は、フィッツピアーズ、ワイルディーヴ、アレックへと引き継がれていく。いずれの人物もヒロインの人生を左右する重要な脇役たちである。

トロイはバスシバの前に現れる前に、彼女の叔父の小間使い、ファニーの恋人として登場する。

彼はファニーと結婚するために、オール・セインツ教会で待っていたが、彼女がオール・ソールズ教会と間違えて約束の時間に遅れてしまう。待ちぼうけを食らわされて大勢の会衆の眼にさらされ、自尊心を傷つけられたトロイは、結婚するタイミングを失って、彼女をいとも簡単に捨ててしまう。捨てられたファニーは、あちこち流れて、最後にウェザーベリーから、身重の体を引きずり、通りすがりの犬の体にしがみついて、カスターブリッジの救貧院まで行きつき、そこで出産して死ぬ。ファニーの物語は、メイン・プロットであるバスシバの物語に対して、サイド・ストーリーでしかない。しかし、ファニーの死は、バスシバとトロイの結婚生活を破綻させる重要な役割を果たすことになる。

トロイは、フランス人の家庭教師とセヴァン卿との間にできた私生児であり、かなりの教育を受けているが、転々と場所を移動する軍人である。トロイにとって、「過去の思い出は邪魔なもの、未来の期待は不必要なもの」であり、彼は現在のことだけを考えて生きている刹那主義者である。「女性にはクレタ人のように嘘をつき」、「女性を射落とそうとする時のお世辞の偉力」を持ち、「一つのものになりながら、別のものに見せかける」（二五章）二面性も持っている。ジョン・グッドは、「トロイには中産階級のロマンスのすべての虚飾が備わっている――貴族の遺伝、軍隊の訓練、性的魅力、不誠実な人生でさえも」(Goode 18) と述べている。女性を獲得する時のトロイの、素早い行動力と巧みな話術は、舞台で演じている役者さながらである。

バスシバの「誰かに手なずけてほしい」（四章）という望みをかなえるのが、トロイである。彼はまず樅の林で彼女を誘惑し、次にシダの窪地で、華々しい演技を披露して、彼女を征服する。バスシバは夜更けに農場の見回りに出て、樅の林で、ドレスを彼の拍車に引っかけてしまう。この時に、彼女は彼の「肩章と赤い軍服に目がくらみ」(二一章)、彼のうまいお世辞に虚栄心をくすぐられる。シダの窪地では、彼のさん然と輝く軍刀のきらめきに完全に圧倒され、一瞬にして唇を奪われる。夜に、提灯に照らされた軍服の赤と肩章の金属の光、稲妻よりもすばやい剣術さばきによって、人工的な光を演出して、彼はバスシバを魅了するのである。彼は、「偽りの光の創作者」(Bullen 84)である。彼の剣術は実際に生死をかけて闘う「戦争ではなく、芝居がかった見せびらかし」(Goode 25)であり、バスシバの心を射止める性の罠である。

ロマンティックな冒険心に富んだ軍人から、田舎の農場主になったトロイは、すぐに結婚生活に飽きてくる。彼はバスシバのお金を持ち出しては競馬に注ぎ込み、古い屋敷を近代的なものにしたいと言って、彼女の農場経営を脅かす。彼が農場主としての能力のなさを決定的に露呈したのは、嵐の夜である。羊刈りの納屋で、二人の結婚と収穫を祝う席が設けられた夜、バスシバの皆に強いアルコールを飲ませないで欲しいという頼みを無視し、嵐の前兆を知らせるオウクに耳を貸さず、トロイは、雇人たちが飲んだことのない強い酒を勧める。その結果、全員が酔いつぶれて、嵐の中に収穫物をさらすことになる。「羊刈りの納屋は、もともと農村社会の本来の姿を象徴するシンボルであるが、トロイがいったん農場の主人になると、その堕落のシンボルになる」(Meisel 48)のである。オウクとバスシバが協力して、麦におに覆いをかぶせて大損害を免れるが、トロイは農場を破滅させる危険人物なのである。

ファニーと彼女の子供の遺体が、迎えに行った雇人の遅延で、バスシバの屋敷に一晩安置される。バスシバはファニーが夫の恋人だったのではないかという疑念を持ち、思い切って棺を開ける。そこには、夫が時計のケースの裏にしまっていたのと同じ髪の毛の色の女性と嬰児の遺体があった。バスシバがこの恐ろしい事実に呆然としているところに、トロイがもどって来る。苦悶するバスシバの面前で、彼は優しくファニーの遺体にキスする。そして、「バスシバは、トロイが彼女にキスを拒否し、ファニーを彼の本当の妻だと呼ぶ時、さらに貶められるのである」(Langbaum 87)。

トロイは、生前に冷たい仕打ちをしたファニーの死に感傷的になり、彼女の墓石を注文して、そこにさまざまな草花を植える。彼が疲れて眠っている間に降った強い雨が、教会の樋嘴からファニーの墓に向かって吐き出され、「彼のロマンティックな振る舞いの無意味さ」(四五章)をあざ笑うかのように草花が地中から洗い出されていた。彼の心に「この奇妙な事件」が「すべての中で最も鋭い刺のように」突き刺さり、突然「自己嫌悪」に陥ると、「自分のカードを投げ出して、当面の間も、それからも、永遠にゲームを止めることを誓った」(四六章)。そして、ラルウィンド・コウヴで遊泳中に帆船に助けられ、アメリカに渡り、体操や剣術やフェンシングの教師をしながら、各地を流浪する。「すべての中で最も大きな皮肉は、彼が過去を深く後悔して、現在をおろそかにしていることである」(Morrell 123)。彼は恋人ファニーを捨てたことを後悔しているにも拘わらず、同じパターンを繰り返して、現在の本当の妻バスシバを捨てるのである。彼は妻を捨て、農場を捨て、故郷を捨ててしまって、居場所の定まらないデラシネになるのである。

トロイはボールドウッドのクリスマス・パーティに、ディック・タービンに変装して再登場する。「変装は（中略）トロイの最も真実の姿である」(Goode 26) とグッドも分析しているが、彼が変装したまま殺されるのは、彼の人生の終局にふさわしい。

四

トロイもボールドウッドもウェザーベリー出身である。彼らが、「ウェザーベリーとの表向きの繋がりがあっても、ずっと故郷追放者である」(Hasan 35) のに対して、オウクもバスシバもよそ者であるが、この土地にしっかり根を下ろして、村人たちの大きな支柱になっている。ウェザーベリーは、他所からの強い力を必要としていたのである。

オウクは日曜日の晴れ着を着た時よりも、「古い服を着ている姿が最も彼らしい」（一章）根っからの田舎者である。トロイの唯一の貴族の証である金時計とは対照的に、オウクの古い懐中時計は、大きすぎておまけに正確な時間を示さない無用の長物である。もっとも彼には太陽や星の運行で時間を読み取る才能があるので、時計は必要ないのであるが。トロイは、教会の樋嘴の雨水が自分の運命をあざ笑っているのだと思い込み、現実から逃げ出す。オウクは、若い牧羊犬に追い立てられた二〇〇頭の羊が崖から墜落したために、一夜にして、牧場主から無一文の境遇に落ちるが、自分の不運を嘆く代わりに、バスシバと結婚しなかったことを神に感謝する。ロイ・モレルは二人を次のように比較している。「トロイは災難や困難の単なる『見せかけ』に、すぐに、そして、完全に打ちのめされる」が、「オウクは本当の災難だったかもしれないものに対して、その上、彼の命の危険を冒して闘っている」(Morrell 124)。

オウクは、古い物を愛し、昔の人に敬意を表し、「古い習慣や慣習を、ただ古いというだけでいつまでも守っていくような男性」（四九章）である。彼の祖父を知っていると言うウォーレン爺さんのモルトハウスで、底に灰がついているコップで皆と同じようにりんご酒を回し飲みして、その寛大さをたちまち気に入られ、土地の人たちの仲間入りをする。古い物を大切にするが、時間の不可逆性を知っているので、「オウクは、昔の幸せな時代にもどるとか、その時代を復活させたいという幻想を抱かない」(Casagrande 107)。彼の大きな強みは、現実をしっかりと受け止め、黙々と辛抱強く仕事に邁進することである。彼は、農場で働く人間の義務を十分認識している。さらに、その冷静沈着な判断力と熟練した技術で、あらゆる事故や災難に対処できる。バスシバの農場の麦におの火事を、右往左往している村人たちをみごとに指揮して消し止める。羊の毛を誰よりも速く刈れるのは、オウクである。若いクローバーを食べて中毒をおこして倒れている羊たちを救う技術を持っているのは、彼だけである。彼は自然界の生き物が発するメッセージから、嵐の前兆を読み取る。雇人たちは泥酔していて、助けが得られず、彼はバスシバの農場の損害をくい止めるために、一人で作業する決心をする。

自分の命は、結局、自分にとってそんなに価値のあるものなのだろうか。重大な差し迫った仕事は、命の危険なしにやり遂げられないのに、危険を冒そうとはしない自分の将来の見込みとはいったいどんなものなのだろうか。（三七章）

この小説の冒頭でオウクは、「この世界という場所に対して大きな権利はない」（一章）と絶えず痛感している慎ましい人物として紹介されている。この嵐の夜も、自らの命を差し出して、自然と闘う決意をしているのである。「それは高度な処理能力を傾けて努力している一人の男性と、『分別のない環境』との闘い」(Morrell 119) である。夜空に轟く雷と、あらゆる方角から天を裂く勢いで向かってくる稲妻の閃光の中で、オウクは手助けにやって来たバスシバと共に、懸命に麦におに覆いをかけていく。これは、バスシバに魔法をかけるトロイの稲妻のような剣術の場面とはまったく異なる、大いなる自然の破壊力と闘う人間の姿を描いている。オウクには「恋も命もすべての人間の営みも、激高している宇宙のそばに並べてみると、小さくて取るに足らないものに思えた」（三七章）のである。

ボールドウッドは恋煩いで、農場経営に専念できなくなり、嵐から収穫物を守る義務を怠って大損害を被る。彼と違って、オウクはバスシバへの恋をあきらめたのではなく、それを心の奥深くにしまい込んで表面には出さずに、ただひたすら農場主である彼女のために、持てる力を発揮して仕事をすることに自分の気持ちを転換するのである。

二人の初めての出会いは、バスシバが馬車で叔母の家に引っ越してくる時である。通行税の件で、バスシバの御者と門番が口論している光景を見かけ、代わりにオウクがその税を払ってやるが、彼女は礼も言わずに立ち去る。彼は、彼女の高慢をいち早く見抜き、絶えず彼女の言動を観察しているので、彼女の本当の姿を知っている。ブレンも「主要人物の中で、最も『洞察力のある』想像力を持っているのは、ゲイブリエル・オウクである」(Bullen 75) と評価して、彼の想像力は「バスシバの表面的なうぬぼれの下に隠された性質を見抜く能力」(Bullen 75) であると説明している。

バスシバを生涯愛し続けると誓ったオウクに対して、彼女は「私は誰かに手なずけて欲しいの。私はあまりにも独立心があるものね。でもあなたは絶対そんなことはできないわ」(四章) と求婚を断る。まだこの時の彼女には「その短所は目が見えない人にも明白であり、長所は鉱石に含まれた金属のような地味なオウク」(二九章) の人柄を理解できなかったのである。バスシバに雇われてからのオウクは、自分の地位と立場をわきまえていて、彼女に求婚する権利がないとあきらめているので、決して愛を口にしない。それでも、高慢で衝動的で気まぐれで、男性の心を翻弄するコケティッシュなバスシバの欠点を知っていながら、彼女に報われぬ愛を抱いている。

オウクは、地主代理を置かないで、自分で農場を切り盛りしようとしている気丈な彼女を陰日向なく助けて、彼女と農場を守る。彼女も彼の誠実な人柄に一目置くようになり、彼の意見を、「自分や自分の行動に関して、自分よりも信用できると重んじている教区でただ一つの意見」(二〇章) として尊重する。ところが、ボールドウッドとの関係について、オウクの「好きでもない男性を誘惑するのは、褒められる行いではありません」(二〇章)という助言に、プライドを傷つけられたバスシバは、怒りにまかせて彼を農場から追い出す。バスシバは一時の感情で彼を追い出すが、羊の中毒事件のために、彼を呼びもどさなければならなくなる。しかし、オウクはすぐには助けに来ない。二度目の「私を見捨てないで、ゲイブリエル!」(二一章)という彼女の哀願でやっともどる。彼は「愛情に満ちた乱暴な態度でバスシバを扱うことを学ぶ」(Langbaum 93)が、彼女を愛する気持ちはずっと変わらないので、彼女を完全に見捨てることができないのである。

オウクはボールドウッドと同じく自分も彼女に弄ばれているのではないだろうかと思い悩むが、自分の悲しみよりも彼女の不幸に心を痛める。

> 彼は、彼女がボールドウッドを怒らせて、それから、トロイのような放蕩者と結婚しようとしているのを見て、心を痛めた。彼は、ボールドウッドの破滅とバスシバの不幸を予見して、それをくい止めようとしたが無駄であった。(Dave 72)

オウクの愛は、愛している者に嫌われるのを承知で、彼女の過ちを諌めようとする「おそらく実らないであろうが、気高い愛」(二九章)である。オウクの箴言を聞いて、またしても出ていけと言うバスシバに対して、オウクは彼女一人では農場はやっていけないこと、自分が仕事よりも自分の命よりも彼女を大切にしていると、誠意を込めて語る。彼女の反応を作者はこう語っている。「彼の言葉よりも、その口調に表されたこの固い忠誠心に対して、彼女が密かに、無意識のうちに、尊敬の念を抱いたであろうことは間違いない」(二九章)。オウクが恐れたように、案の定、バスシバの結婚は、トロイの死とボールドウッドの無期禁固刑という最悪の事態を引き起こしたのである。

バスシバを取り巻く男性たちの中で、オウクがただ一人残る。彼は、彼女がクリスマスの悲惨な事件以来、屋敷に籠って不安と衰弱から立ち直れない間も、彼女の農場とボールドウッドの農場の面倒を見る。季節が春から夏へと移り変わっていくと、バスシバもようやく回復して外に出始める。このままずっと農場の管理をしてくれると思い込んでいた彼女に、オウクはアメリカに行くと告げる。困難や災難の時も、決して自分を見捨てなかったオウクが、一番彼を必要としている今、自分の元を去ると考えると、急に不安と寂しさに駆られて、バスシバは彼の小屋に自ら出向く。そして彼のプロポーズを承諾する。

ゲイブリエルは、ずっと目立たず控えめに彼女を支えて来たので、彼のその支えがなくなる状況に追い込まれないと、バスシバには、自分が彼をどれだけ必要としているのかわからなかったのである。オウクを失う危機に直面して初めて、バスシバは彼の存在の必要性に気づくのである。気まぐれなバスシバと堅実なオウクとの結婚は、村人たちの祝福を受け、ウェザーベリーに遂に平穏がもどって来るのである。

五

イアン・グレガーは、「もし『はるか群衆を離れて』がトロイの死で終わっていたら、もちろん非常に違った小説になっていただろう、それにもっと不出来な小説になっていただろう」(Gregor 73) と述べ、「最後の二章がオウクを中心に構成されているので、プロットがすばやく復活し、より豊かな人生の様相を帯び始める」(Gregor 73) と述べている。

もちろん、この作品のヒロインはバスシバであり、彼女を巡る三人の男性の物語が主題である。しかし、全編を通して描かれているのは、四季折々のウェザーベリーの農牧業の作業風景であり、その中心人物であるオウクが、数々の災難や自然の脅威と闘う姿である。彼の人生の一番の関心はバスシバであり、彼女と彼女の農場を守るために、彼は努力を惜しまない。彼のバスシバに対する変わらぬ愛と、その愛に裏付けされた彼の真剣な闘いは、何よりも読者に感動を与えるのである。オウクは自然と闘うだけではなく、彼女の弱さや欠点とも闘わなければならない。彼女がボールドウッドを破滅させ、トロイの罠に陥る危機をくい止めようとする。オウクの真摯な愛は、最後に報われるが、二人の愛をハーディは「たいていは同じ仕事を通して生まれる良き友情――友愛」(五六章) だと定義している。

オウクとバスシバは、最初の出会いから、感情的にも直観的にも結びつきがあり、二人の関係は、昔から連綿と続く古い農村社会の営みの中で育まれていったのである。オウクとバスシバの結婚は、農村社会に安定をもたらし、この作品を成功させている。チャールズ・P・C・ペティットも賞賛しているように、「『はるか群衆を離れて』は確かにハーディの最初の偉大な業績であり、彼の最初の主要小説である」(Pettit 18)。

引用文献

Bullen, J. B. *The Expressive Eye:Fiction and Perception in the Work of Thomas Hardy*. New York: Oxford UP, 1986.
Casagrande, Peter J. *Unity in Hardy's Novels: 'Repetitive Symmetries.'* London: Macmillan, 1982.
Dave, Jagdish Chandra. *The Human Predicament in Hardy's Novels*. London: Macmillan, 1985.
Garson, Marjorie. *Hardy's Fables of Integrity: Women, Body, Text*. New York: Oxford UP, 1991.
Goode, John. *Thomas Hardy: The Offensive Truth*. Oxford: Basil Blackwell, 1988.
Gregor, Ian. *The Great Web: The Form of Hardy's Major Fiction*. London: Faber and Faber, 1974.
Hasan, Noorul. *Thomas Hardy: The Sociological Imagination*. London: Macmillan, 1982.
Hawkins, Desmond. *Hardy: Novelist and Poet*. London: Papermac, 1981.
Langbaum, Robert. *Thomas Hardy in Our Time*. New York: St. Martin's Press, 1995.
Meisel, Perry. *Thomas Hardy: The Return of the Repressed: A Study of the Major Fiction*. New Haven: Yale UP, 1972.
Morrell, Roy. "A Novel as an Introduction to Hardy's Novels (1965)." *Thomas Hardy: Three Pastoral Novels*. Ed. R.P. Draper. London: Macmillan, 1987. 116–28.

Sumner, Rosemary. *Thomas Hardy: Psychological Novelist*. London: Macmillan, 1981.

Pettit, Charles P. C. "Merely a Good Hand at a Serial? from *A Pair of Blue Eyes* to *Far from the Madding Crowd*." *The Achievement of Thomas Hardy*. Ed. Phillip Mallett. London: Macmillan, 2000. 1–21.

第二章 「愛は接近によって生まれ、接触によって消滅する」

——*camaraderie* との関連で——

渡　千鶴子

一

ヴァージニア・ウルフは、トマス・ハーディの小説家としての才能に満足していたわけではないが、この作品を、「題材も方法もよく（中略）いかに流行が変わっても、偉大な英国小説の一つとして、その地位を保ち続けるにちがいない」(Woolf 564) と絶賛した。『はるか群衆を離れて』のイントロダクションを担当したジョン・ベイリーは、「ハーディの最初の傑作であり、数ある中で一番満足感を与える作品で、彼の天賦の才能を最も著しく表現した作品だ」(Bayley xi) と賛辞を惜しまない。マイケル・ミルゲイトは、「『はるか群衆を離れて』は驚くほどの自信作だ。『緑樹の陰で』に続く驚異的に幅のある作品だ。まちがいなく主要作品である」(Millgate 79) と述べている。酷評したヘンリー・ジェイムズでも、「素朴で立派な人物——ジョゼフ・プアグラス、レイバン・トール、マシュー・ムーンなど——にもっと興味を持った方がいい」(James 186) と言って、村人を評価している。

『はるか』は、レズリー・スティーヴンの編集する『コーンヒル・マガジン』に、一八七四年一月号から一二月号まで連載された。単行本としても同年一一月に二巻本が上梓され、同年のうちに版を重ねている。つまりこの作品によって、ハーディは小説家としての地位を確実なものにする。私的にも充実していて、『はるか』の出版と同じ年の九月、エマ・ラヴィニア・ギフォードと結婚する。したがって、上昇気流に乗ったハーディが、結婚で終結するハッピー・エンディングを書いても、不思議ではない。確かにこの作品の最後は、語り手によって*camaraderie*で結婚するバスシバ・エヴァディーンとゲイブリエル・オウクが高らかに讃えられている。しかし、ハーディはこの小説を思い通りに書き進めることができたのだろうか。ハッピー・エンディングで閉じる結婚を、ハーディは意図したのだろうか。このことを明らかにするのが本稿の趣旨である。

まず、この作品を執筆した頃のハーディの状況から考えてみる。「主な登場人物は、若い女農場主、羊飼い、そして騎兵隊の軍曹になるはずだ。それが登場人物のすべてであった」(F. E. Hardy 95) から、ミルゲイトは、「物語の着想としては、ボールドウッドの現在の役割は、ハーディが後からつけ加えたのかもしれない」(Millgate 84) と解している。ハーディがまだ三人しか考えていない状態であったが、『コーンヒル・マガジン』のスティーヴンから依頼があったために、急いで執筆しなければならなかったことになる。『コーンヒル・マガジン』への得難い機会を逃すことはできなかったし、当時の実力者であるスティーヴンに歯向かうことなど、新進気鋭の小説家にはできないことであった。このことは次の引用からも推察できる。

今はペンで生きていかねばならないために、彼は、「卑しい者に適した生活をしていくために」をよく引用していたが、人気を考慮に入れなければならなかった。(中略) すでに考えていた森林地の話を中断しなければならなかったのだ。(この森林地の話とは『森林地の人々』となって後に出版された)。(F. E. Hardy 102)

『森林地の人々』の序文には、ハーディの描きたいことがかなり正確に、隠さずに描かれていることから判断すると、この時の中断は苦渋の選択であったにちがいない。幸福とは言えない結婚観が描かれている序文から、ハーディが結婚に懐疑を持っていたことがわかる。『森林地の人々』を執筆した時、ハーディはすでに名声を手に入れ、揺るぎない地位を獲得していた。それゆえ書きたいことを書く自信を持っていたが、『はるか』執筆当時はまだその時期ではなかったのだ。それゆえハーディは、*camaraderie* で結ばれるバスシバとオウクの物語に仕上げた。ローズマリー・モーガンが、「田舎の牧師館へ確実に『はるか群衆を離れて』が、安全な書物として届けられるためには、その創作はゆがめられたものにされなければならなかった」(Morgan 180) と指摘するように、たとえハーディが結婚に懐疑を持っていたとしても、その主張は作品の中に表明されてはならなかったのである。

一八八九年七月九日の『トマス・ハーディの生涯』に、「愛は接近によって生まれ、接触によって消滅する」“Love lives on propinquity, but dies of contact” (F. E. Hardy 220) とある。この言葉は愛の終焉を意味するのではないだろうか。愛は、男女が接近する恋愛途上で生まれるが、結婚すれば瞬時に消え去ることを、この小説でも実践したことを検証してみたい。

二

リンダ・M・シャイアーズは、ジェイムズのバスシバ評と、『オブザーバー』のオウク評に言及した後、モーガンとペニー・ブーメラの論評を引いて左記のように見解を示す。(1)

ヘンリー・ジェイムズにとって、彼女は「筋の通らないわがままで気性の荒い」「理解もできなければ好きにもなれない」女性である。『オブザーバー』の書評は、もっと批判的で、彼女の慎み深さの欠如を挙げ、「オウクがこの手に負えぬおてんば娘に何も言えないなんて、男らしさが十分には備わっていない」ことを、残念だと評している。(中略)フェミニズム評は、『はるか群衆を離れて』に十分な注意を払っているわけではないが、それでも論を展開する時には、ヴィクトリア朝の男性書評者の意見に反駁している。最近の二つの評価では、男性支配の社会の中で、抵抗する女性のセクシュアリティを考慮しながら、ヒロインを籠絡することに余念のない男性のディスコースとしてテクストを読んでいる。これらの評価は、オウクに男らしさが欠けているとは判断していない。実際フェミニストたちは、オウクが最初からバスシバを

コントロールしようとしていて、最後にはコントロールしてしまう家父長として読んでいる。(Shires 50)

ジェイムズ評、『オブザーバー』評、フェミニズム評、そしてシャイアーズ評とさまざまな人物分析が可能であることに、ハーディの力量が窺われる。本稿では、オウクには男らしさが欠けているので、バスシバを手なずけることができないと考える。そう思わせるオウクの描写がある。例えば、バスシバから「私を抑え込んでくれる人がほしいの。私は従順ではないの。けれどあなたにはできないわ」と言われて、あっさり引き下がるし（四章）、たとえバスシバと会話できなくても、二人でいるだけで十分だと思う（二二章）からである。

バスシバを抑え込むのは誰か。それはフランク・トロイである。それは、バスシバとトロイとの初めての出会いの場（二四章）から一目瞭然である。「『テス』と『ジュード』が、ハーディの二大小説として明らかに君臨するのなら、『はるか群衆を離れて』は一流の仕上がりであり」(Daleski 56)、「ハーディは、四人の人生をしっかりと絡ませれば絡ませる程、さまざまな愛の可能性を効果的に描き込むことができる」(Daleski 59) と記し、その中でもトロイの描写を最も高く評価している。トロイがバスシバに初めて話しかける場面をとらえて、「紛れもない刻印をハーディが最初に押している場面で、象徴法と予弁法を反響させて、小説家としての円熟味をみごとに加えている」(Daleski 67) と注目する。

その場面（二四章）を追ってみよう。夜の見張りを終えた帰路、トロイの拍車にスカートを引っかけ、バスシバは平衡感覚を失いよろめき、トロイの暖かい真紅の軍服とボタンにぶつかる。「あの、怪我はないかい？」に続いて、「女性かなあ？」と、わざわざ性別を確認するところに、トロイの本領が発揮されている。その上、「僕は男性なのですが」とつけ加えるのは、コミカルでさえあるが、男性であることを相手に強く認識させて、トロイならではの会話の運びになっている。「今までずっと統括してきた神だった暗闇が、今や完全に覆された」は、暗闇という神が不在になり、提灯で映しだされたトロイが、バスシバにとって危険人物になることを予感させる。間髪を入れず、この状況をとらえたトロイは、「あなたは囚われの身ですよ」と言い放つ。この言葉には、バスシバの身も心も虜にするという自信が漲っている。トロイはこの暗闇に隠れてバスシバを待ち伏せしていて、偶然を装いバスシバを虜にする作戦を仕掛けていたのかもしれない。何といっても彼は優秀な軍曹なのだから。

剣術の場面（二八章）では、華やかな軍服姿に身を包み、キラキラ輝く剣を閃かせ、敏捷な動きと目も眩むようなきらびやかさとスピードで、バスシバを圧倒する。バスシバを緊張感で一杯にしておいて、彼女の巻き毛、胸についている毛虫を、鮮やかな剣さばきで切り落とすだけでなく、巻き毛を自分の上着のポケットに仕舞い込む。もちろんバスシバにその行為を見せつけることも忘れていない。トロイのこの行為は、彼女の一部が彼の胸元に所有されることを意味する。つまりバスシバはトロイの囚われの身になってしまうのだ。こうしてトロイにすっかり手なずけられて、二人は結婚する。

しかし「すべてのロマンスは結婚で終わる」（四一章）というトロイの言葉通り、彼はバスシバから離れてゆく。この言葉は「愛は接近によって生まれ、接触によって消滅する」の言い換えである。

本稿の一で言及したように、ウィリアム・ボールドウッドは、ハーディが本来登場人物として考えていたのではないので、彼の人物造形は、「愛は接近によって生まれ、接触によって消滅する」を満足させるものではない。しかしあえて当てはめれば、次のようになる。

ボールドウッドは社会的にも経済的にも安定した生活を築いている大農場主であるから、結婚の条件としては申し分のない男性である。しかし、彼は積極性と消極性の均衡を崩すと、極端に走る男性である（一八章）ことは、バレンタイン・カードの一件が証明している。彼がバスシバと親しく話し合ったのは、結婚の申し込みをした時と、バスシバが催した晩餐会に招待された時だけである。しかし彼はバスシバと昵懇の間柄であると錯覚して、異常な恋愛感情を持って、バスシバに執拗に迫る。バスシバが彼をどのように考え感じるかは、彼にとっての関心事ではない。自分の考えや感じ方だけが重要であるエゴイストである。たとえトロイの失踪後であっても、こんな彼にバスシバの心が動くわけはない。業を煮やしたボールドウッドは、強制的に彼女から六年後の結婚の承諾を得る。有頂天になったのも束の間、あの大惨事が起こり、ボールドウッドは禁固刑になる。こうして〈独りよがりの愛情の接近は、結婚の承諾を得ると共に消え失せる〉のである。

三

物語の最初から最後まで登場して、*camaraderie* の対象になるオウクに視点を移そう。

ジェイムズは、オウクに関しては、「バスシバにはよすぎる人物である。（中略）無口で献身的な情熱を備え、自説を定める能力もある。自分を蔑んだ女性であっても信じられないくらいに奉仕する。誠実で純真で不屈の忍耐力もある」(James 186) と好意的に評価する。デズモンド・ホーキンズは「忠実で、人に要求したりしない（中略）穏健な中道派であるオウクは、（中略）若くて気位の高いバスシバにとっては、はっきりしないはにかみ屋で、退屈なのだ」(Hawkins 53–54) と分析している。マージョリー・ガーソンは、「バスシバが、自分の中の独立心を求める『男性性』と、愛を求める『女性性』との闘争で破滅しそうになるのとはちがって、ゲイブリエルは男性性と女性性の両方を持ち合わせているから、より一層強い」(Garson 28) とする。バスシバもオウクも両性を所有しているとの見識は興味深い。男性は男性性だけから成り、女性は女性性だけから成るという従来の見方からすれば、（オウクは男性であるにも拘らず、女性性も兼備しているので、換言すれば、）彼の女性性は、男性性の欠如した部分を補填することになる。バスシバの両性は闘争するが、オウクの両性はバランスを保っているのではないだろうか。先取りしてオウクを評すると、このようなオウクであるがゆえに *camaraderie* が成立するように考えられるが、まずは彼の人物像を見てみよう。

仔馬の上で仰向けになったり、女性には望まれていない座り方をするバスシバの行動を見たオウクは、バスシバに「見たよ」とわざわざ打ち明ける。彼女との別れ際の握手は何ともぎこちない（三章）。こんな彼に、飾らない正直な純朴さや不器用な純真さを見て取るのは容易である。語り手もオウクがバスシバに婚姻の申し込みをした時の様子を「謙遜しすぎて、正直すぎる」（四章）と、読者に伝えている。

バスシバに雇用されてからのオウクは、雇われの身であるから控えめさは増し、雇用主への忠誠心は募る。彼はバスシバのトロイに対する情熱や、ボールドウッドの異常なまでのバスシバへの感情の高まりを知っている。それゆえオウクは彼女に恋愛感情を抱いても、彼女からボールドウッドのことで相談を受ければ親身になって乗り（二〇章）、トロイに夢中になるバスシバを不安に思えば、彼女に嫌われても、心から助言する（二九章）。彼女を助けるためであれば、割に合わない仕事でも進んで身を投じる。それが「嵐――二人一緒に」（三七章）の場面である。ここには、二人の「労働」を通じての直接的な触れ合いが描出されている。同じ目的に向かって邁進するという共通の意識が描き込まれている。この三七章が基軸となって、バスシバとオウクが *camaraderie* から結婚に至ると語り手が高らかに称揚する五六章が描かれる。

二人はお互いの気持ちについてはほとんど話さなかった。快い言葉も暖かい表現も信頼できる友の間では、おそらく不要であった。偶然出会った二人は、お互いの性格の粗削りな面からまず知り、一番いい面はずっと後になってからしか知らないので、ロマンスはしっかりした平凡な現実の塊の隙間に育つ、そんな実のある愛情であった。それが育つ（いやしくも育つのなら）この友愛――*camaraderie*――は、たいてい同じ仕事を通じて生じるもので、不幸にして男女間の愛にはめったに加わるものではない。なぜなら男性と女性は、労働を介してではなく快楽においてのみ結びつくからである。しかしながら幸せな環境が整えば、その複雑な感情は死と同じくらいに強い唯一の愛であることを立証する――その愛は、どんなに大量の水でも消すことができないし、洪水でもおぼれさせることもできない。それに比べると、たいてい恋愛感情と呼ばれる情熱は蒸気のように消えてしまう。（五六章）

ところで語り手が語るような愛で二人は結婚するのであろうか。オウクもバスシバも *camaraderie* を有しているのだろうか。疑問に思えるので検討する。トロイが射殺され、ボールドウッドが禁固刑になり、バスシバを支えるのがオウクだけになった時、彼は彼女のそばを離れると言いだす。なぜだろう。「どうしても行かねばならないのは、バスシバに頼る人がいないため」（五六章）とバスシバに説明する。彼女のそばに夫トロイがいて、夫失踪のうわさが流れてからはボールドウッドがいた。だが二人が不在の今、このままそばにいると、彼女への愛情を抑えられなくなるから、カリフォルニアへ行くと言っているのだ。これは明らかにオウクのバスシバへの「情熱」の愛情表現であり、「労働」を介して湧き上がる *camaraderie* ではないだろう。たとえ *camaraderie* であったとしても、彼の気持ちには男女の愛が含まれている。もちろん語り手は、男女の愛が含まれていれば、*camaraderie* ではないとは言っていないから、オウクの場合、「実のある愛情」であり「仕事を通じて生じる愛」であることに疑いの余地はないので、「死と同じくらいに強い愛」なのだろう。

ここでバスシバの分析を加えよう。数十頭の羊が食中毒にかかった時、オウクの助けがなければ適切な処置を講じることができなかったことで、バスシバはオウクを労働者として高く評価している（二一章）。嵐の夜、二人で力を合わせて窮地を切り抜けた時、自分がいかに多くを労働者であるオウクに負っているのかを自覚し、労働者同士としての愛情が育っていることを認識したであろう。ここまでであれば、バスシバのオウクへの感情は、*camaraderie* である。しかし、オウクが、カリフォルニアへ行くと申しでた時、「他の農場を借りたとしても、私の方も手伝ってくれると思っていたのに」（五六章）との言葉には、甘えながら彼を咎める様子が窺える。オウクを労働者として期待していると言いながら、彼の恋愛感情を感じ取って、その愛情を利用しようとしている感情が潜んでいると言えば、過言であろうか。バスシバは、彼が彼女に変わらぬ愛情を持ち続けていることを知っていて、それを当然のことと考えているように見受けられる。バスシバの身勝手さを如実に示している点で、次の語り手の言葉は見逃せない。「バスシバは、これまでオウクから受けてきた彼の叶わぬ愛情を、生涯他の誰にも譲り渡せない彼女の権利として認められるものだと思ってきたが、こんなふうに彼自身の楽しみとして彼の彼女への愛情が取り上げられてしまうと思うと、悲しくて傷ついた」（五六章）。こんな彼女との結婚生活が幸せに推移するとは考えられない。ライオネル・アディの「確かにバスシバは、エクスタシーのない友愛的な愛を選んで正しく行動している。しかし彼女にお似合いの夫はトロイであったとするならば、彼女は生活に必要な活力になる自らの一部を捨てていることになる」(Adey 60–61) との指摘は、結婚が必ずしも幸せに結びつかないことを言い当てている。なぜなら結婚は正しいかどうかで判断する問題ではないし、自分の大切な部分を捨てた生活に、幸せを見出すのは難しいからである。

検討の結果、オウクには *camaraderie* があるが、バスシバの場合、*camaraderie* があると称するには不十分であり、不純な考えが潜んでいることになる。

H・M・ダレスキは、*camaraderie* を詳細に検証している。要約すると次の四点になる。まず、*camaraderie* は、友情に似た愛で、その愛が熟す頃には、「信頼できる友」になっており、友情で心が通い合っている。二点目は、「蒸気のように消えてしまう情熱」ではなくて「実のある愛情」である。三点目は、そこから花が咲くような「しっかりした平凡な現実」に根ざした愛で、「お互いの性格」を広く包みこめるような十分な共通の認識がある。最後に、二人には適合性があり、興味が似ているので「同じものを追求」するような愛で、それは「快楽」だけでなく「労働」においても結びついている愛である (Daleski 81)。しかしながら、ダレスキは重要な箇所に触れていない。「二人のような実のある愛情が育つ(いやしくも育つのなら)」(五六章)と、ハーディがわざわざ括弧書きにしている箇所である。括弧書きは、ハーディの注意深さの表れである。育てばいいが育つ確率は低いという意味ではないだろうか。

これまでたどってきたように、*camaraderie* はオウクには育つ確率が比較的高いが、バスシバには低いと結論づけられる。育てばいいが育つ確率が低いという意味は、希少価値があるということだ。そうであれば、ハーディは *camaraderie* で結ばれた愛に価値を置いていることになる。ではなぜここで小説は終結しないのだろう。なぜもう一章最終章があるのだろうか。それは一章を追加することで、作品が「愛は接近によって生まれ、接触によって消滅する」というハーディの言葉に相応しくなるからに他ならない。

四

最終章は、ハッピー・エンディングに抗っていると論じる三つの論評を挙げておこう。デイヴィッド・セシルは、「ハーディの考える愛は、（中略）初めは夢中にさせるが、たいてい結果は破滅する。（中略）『はるか群衆を離れて』においても、愛が結実する時悲しみの影が漂う。哀調を帯びた黄昏の静寂で、バスシバとゲイブリエルのドラマは締め括られる」(Cecil 30) と主張する。これは「愛は接近によって生き、接触によって消滅する」を思い起こさせる。

エニャ・ヘンソンの言を引用する。

プロットにおいてもイメージにおいてもバスシバのセクシュアリティは罰せられ、オウクとの結婚は、平凡であることが強調されている。雨の降る「湿っぽい不愉快な朝」、（中略）バスシバはオウクから要求されて、彼好みの髪を結っている。（中略）独立心のある農場主としての自主性は失われており、結婚は和やかだが、今後はオウクが優勢を占めることを匂わす彼の優れた知識が描かれ、（中略）バスシバは今や法的に「誰か［オウク］の所有物」である。

(Henson 143)

引用から、結婚はバスシバにとって幸せを約束するものではないことがわかる。バスシバはオウクから愛情を受けるのが当然である（五六章）と考える女性である（本稿三）ので、オウク好みの髪型にしたのは、結婚式で、オウクを喜ばせようとする一時的な気まぐれだと思われる。法的にオウクに所有されることになっても、これまでの二人の日常生活ではバスシバが優勢を占めていたことを鑑みると、結婚を機に逆転することはないだろう。ましてやオウクの性格から、彼が優位を占めるとは考え難い。であれば、オウクに成立する *camaraderie* で結婚しても、「愛は接近によって生まれ、接触によって消滅する」が成立するのではないだろうか。

イアン・グレガーは、最後の二章はオウクが中心になっており、プロットは急に活気づき、豊かな人生模様を呈する。だがそれは一部にすぎないとして、最終章に言及し、二人の結婚を否定的に見ている (Gregor 73–75)。

では最終章をたどってみよう。

婚礼の前夜から霧がかかっていて、当日は湿っぽい不愉快な朝である。祝祭の天候としては適切ではない。ハーディは背景描写に優れた作家であるから、その描写は物語の進展に大きく関与する。それゆえ大事な婚礼当日の背景には意味があるはずだ。この描写は、二人を待ち受けている未来が、霧に霞んでぼんやりしていて、決して明るい幸せな未来ではないことを予測させる。

『はるか』はジョゼフ・プアグラスの言葉で幕を閉じるので、彼の言葉を考察することは必須であるが、その前に村人の描写について触れておこう。なぜなら酷評したジェイムズでさえ、村人を評価している（本稿一）からである。またハーディは村人を描く時、丹精込めて描く作家であることはつとに知られており、村人には村人にふさわしい役割が与えられているはずだからだ。例えば、ベンジー・ペニーウェイズは、トロイの魂胆を知っており、彼に悪党ぶりを発揮させない方向へ導こうとしている（五二章）。ウィリアム・スモールベリー、サム・サムウェイ、レイバン・トールたちは、クリスマスの真っ最中に、大参事が起こると予期しており、バスシバに知らせようと、躍起になってあれこれ考えあぐねるが、気持ちだけが先走り、実行に移せない（五三章）。読者には彼らの優しさと努力と無力さがひしひしと伝わってくる。

『はるか』のイラストに関してハーディが、「田舎者たちは風変わりだが、知的に見えるように、決して無作法には見えないように、描いてもらいたい」(F. E. Hardy 97) と出版社に希望を述べていることからも、村人は軽視できない。ハーディが村人の描写に自信を持っていたことは、ジョージ・エリオットを偉大であると認めながらも、「彼女は、田畑の仕事に触れたことがないように思えた。彼女の描く人物は田舎の人というより、小さい町の人のようだ」(F. E. Hardy 98) との記載からも明白である。

では村人の代表格であるプアグラスについて言及しよう。彼は、『ホセア書』の四章一七節「エフライムは偶像に、くみしている。そのなすにまかせよ」を持ちだしている。『ホセア書』の注解には、エフライムと偶像崇拝とを結びつけることが、正確に何を意味しているかはわかり難いとあり、しかも「なすにまかせよ」には決まった解釈がないと記されている（千代崎　一三四—五）。その理由の一つには、この命令形には単数形と複数形があるからかもしれない。[2]『ホセア書』の引用文に続くプアグラス自身の言葉、「もっと悪いことが生じていたかもしれない」は、今は生じなくて済んだが、今後の保証はないと読みたくなる。結婚式の直後なので、軽率なことは口にできないが、このまま首尾よくいくと誰が言えようと言いたげに聞こえる。実のところ、ハーディは、二人の「愛は接近によって生まれ、接触によって消滅する」ことを描出したかったのだ。しかしこの時期の彼の立ち位置を慮ると、力量不足で時期尚早であった。それゆえハーディは、最終章の最後に、霧に煙ったぼんやりした朝を背景に、村人の代表であるプアグラスに曖昧な言葉を語らせたのではないだろうか。

この作品にハーディが二つの「結」を用意したのは、読者や出版社の求めに応じるように見せかけて、実は本意を作品の中に忍ばせるためだったのだ。本意は「愛は接近によって生まれ、接触によって消滅する」を予感させる内容である「結論」（五七章）であるが、それを隠しておくための戦略として、*camaraderie* で終わる稀な愛を「結末」（五六章）の最後に置いたのである。

注

（1）ヘンリー・ジェイムズ評は、Laurence Lerner and J. Holstrum, eds., *Thomas Hardy and His Readers* (London: 1968), 30–31 と、Michael Millgate, *Thomas Hardy* (New York: Random, 1982), 168, 173.『オブザーバー』評は、Lerner and Holstrum, *Hardy*, 35. フェミニズム評は、Penny Boumelha, *Thomas Hardy and Women* (University of Wisconsin Press, 1982), 32–34 と、Rosemarie Morgan, *Women and Sexuality in the Novels of Thomas Hardy* (New York: Routledge, 1988), 30–57 を参照せよと、シャイアーズは注記している (Shires 65)。

（2）『ティンデル聖書注解　ホセア書』ではこの箇所を複数形としているが、ハーディは単数形の『ホセア書』を記載している。この書物は、D. A. Hubbard, *HOSEA, Tyndale Old Testament Commentary* (Nottingham: Inter-Varsity, 1989) を、ティンデル聖書注解シリーズ中の一冊として翻訳したもので、聖書本文は新改訳聖書第三版を使用している。新日本聖書刊行会許諾番号三―一―二五六号。

引用文献

Adey, Lionel. "Styles of Love in *Far From the Madding Crowd*," *Thomas Hardy Annual* No. 5 Ed. Norman Page. London: Macmillan, 1987. 47–62.

Bayley, John. Introduction. *Far from the Madding Crowd*. By Thomas Hardy. London: Macmillan, 1985.

Cecil, David. *Hardy the Novelist: An Essay in Criticism*. London: Constable, 1969.

Daleski, H. M. *Thomas Hardy and Paradoxes of Love*. Columbia: U of Missouri P, 1997.

Garson, Marjorie. *Hardy's Fables of Integrity: Woman, Body, Text*. Oxford: Oxford UP, 1991.

Gregor, Ian. *The Great Web: The Form of Hardy's Major Fiction*. London: Faber and Faber, 1982.

Hardy, Florence Emily. *The Life of Thomas Hardy 1840–1928*. Hamden, Connecticut: Archon, 1970.

Hawkins, Desmond. *Hardy: Novelist and Poet*. London: Papermac-Macmillan, 1981.

Henson, Eithne. *Landscape and Gender in the Novels of Charlotte Brontë, George Eliot, and Thomas Hardy: The Body of Nature*. Wensley, U K :Ashgate, 2011.

James, Henry. "*Far from the Madding Crowd*," SOURCE *Nation*, 24 December 1874. *Thomas Hardy Critical Assessments* Vol. 3. Ed. Graham Clarke. Mountfield, UK: Helm Information, 1993. 183–87.

Millgate, Michael. *Thomas Hardy: His Career as a Novelist*. London: Macmillan, 1994.

Morgan, Rosemarie. *Cancelled Words: Rediscovering Thomas Hardy*. London: Routledge, 1992.

Shires, Linda M. "Narrative, Gender, and Power in *Far From the Madding Crowd*," *The Sense of Sex: Feminist Perspectives on Hardy*. Ed. Margaret R. Higonnet. Chicago: U of Illinois P, 1993. 49–65.

Woolf, Virginia. *The Essays of Virginia Woolf* Vol. 5 1929–1932. Ed. Stuart N. Clarke. London: Hogarth, 2009.

ハバード・D・A、『ティンデル聖書注解　ホセア書』、千代崎備道訳、いのちのことば社、二〇一〇年。

第三章　閉じた表象を越えて
――ファニー・ロビンという女――

風間　末起子

一

　欧米の第三波フェミニズム（一九九〇年代から）の最も大きな特徴の一つは、「セックス／ジェンダー」という概念ペアを再考したことにあるだろう。六〇年代から七〇年代に隆盛した第二波フェミニズムの功績は、「セックス／ジェンダー」の相違を明確にすることで、ジェンダーが社会的文化的にどのように構築され、その結果、男女がどのようにステレオタイプ化され、差別構造が生み出され、それによる不利益を女が被ってきたかをあぶり出したことにあった。ところが、セックス（固定的で常にジェンダーに先立つと考えられた）と、ジェンダー（ジェンダーの力を弱めることはフェミニズムの目的だった）の二つの区分は、九〇年代以降には、「セックス／ジェンダーの二分化」(sex/gender binary) と呼ばれ、見直しの対象となってきた (Delphy 1–3)。

　つまり、セックスへの新しい解釈、「セックスもジェンダーと同様に社会的構築物であり、セックスがジェンダーに先行するという従来の考え方は再考されるべき」という解釈が導入されたのである。とりわけジュディス・バトラーは『ジェンダー・トラブル』（一九九〇）で、「セックス／ジェンダー」の従来の概念ペアに疑問を呈し、身体は社会的構造・解釈から無関係の無色透明な領域ではなく、セックスはすでにジェンダー化されたものであり、ジェンダーがセックス（男女という身体の性）をつくるから、ジェンダーはセックスに先んじているという解釈を打ち出した (Butler 9–10, 46)。

このように、バトラーの理論およびそれ以前のモニカ・ウィティグの理論などはクイア理論の発展に多大な影響を与えることになったし、ジェンダーとセックスの再理論化 (West and Zimmerman) やジェンダーとセクシュアリティの関係性についても再概念化が図られるようになった (Richardson and Robinson 3–19)。[1] この流れの中で、特にバトラーによる、「女というカテゴリー」や「セックスというカテゴリー」の無効性への断罪はきわめて刺激的な発言である。

> フェミニズムの主体としての「女」を問いなおす過程で明らかになることは、女というカテゴリーを何の疑問ももたずに引きあいに出す姿勢が、表象／代表の政治としてのフェミニズムの可能性をあらかじめ閉じてしまうということだ。(Butler 8)[2]

セックスの単声性や、ジェンダーの内的首尾一貫性や、セックスとジェンダーの双方がもつ二元的な枠組みは、男中心主義と異性愛主義との双方による抑圧という集中的な権力体制を強化し自然化する規制的な虚構だとみなして、徹底的に考察しなおさなければならない。

(Butler 46)

右記のバトラーの考え方は、ＬＧＢＴ（レズビアン、ゲイ、バイセクシュアル、トランスジェンダー）、および人種・宗教・国籍・年齢などの交差性をフェミニスト理論に導入した点で多大な貢献をしている。

しかしながら、「女」というカテゴリーに揺さぶりをかけるバトラーの意図は納得できるとしても、果たして「生きた女の経験」からはどうなのだろうか、という疑問が発せられるだろう。

ここで、本稿のテーマである女性人物ファニー・ロビンに注目してみたい。ファニーという女性は、「女とは何なのか」という疑問への単純な答えと複雑な反応の両方を提示してくれる興味深い人物であるからだ。ファニーは「女」という「不幸な」セックス（身体的性）に生まれついて、妊娠・出産という女の身体の生理とその行為が社会的に認可されない状況を背負った、つまりジェンダー化された社会的・文化的構造の犠牲者である。ファニーの登場する場面はきわめて少なく、彼女は意図的に女のステレオタイプとして描かれている。

本稿の目的は、この極端に類型化された女ファニーを通して、ファニーという女の表象が意味するものを探ることにある。まず本稿の二では小説の四〇章を主に取り上げて、「旅する女」としてのファニーを分析してみたい。本稿三では四一章と四二章を取り上げて、「墜ちた女」の伝聞を村人たちによって「語られる女」としてのファニーの意味を探ってみたい。本稿の四では四三章と四六章を取り上げて、聖母子や魔女という表象の中に閉じ込められたファニーの逆説的な意味を考察してみたい。

二

トリル・モイは、『女とは何なのか』(Moi 3–120) の中で、シモーヌ・ド・ボーヴォワールの『第二の性』を読み直すことによって、「女とは何なのか」という問いに答えを出そうと試みている。モイは、この著書の中で、ポスト構造主義フェミニストの騎手バトラーのボーヴォワール批判・解釈に真っ向から反論し、ポスト構造主義フェミニストへの批判として本著書の第一部を執筆している。前述したバトラーは『ジェンダー・トラブル』において、「女」というカテゴリーを否定する立場から、ボーヴォワールの有名な言葉を借用しながら批判的な解釈を展開させている。

『第二の性』でシモーヌ・ド・ボーヴォワールは、「ひとは女に生まれない、女になる」と書いた。この言葉は奇妙だし、意味をなさないとさえ言える。なぜなら、もしもひとがずっと女でなかったなら、どうやって女になることができるのかという疑問が生まれるからである。——(中略)——もちろんボーヴォワールが示唆しようとしたのは、女のカテゴリーは変化しうる文化的産物であり、文化という領域の内部で身につけられたり、取り込まれる一連の意味であって、だれもジェンダーをもって生まれることはない——ジェンダーは獲得されるもの——ということだけである。他方、ボーヴォワールが積極的に肯定しようとしていることは、ひとはあるセックスをもって、あるセックスとして、つまり性別化されて、生まれてくるということ、そして、性別化されているということと人間であることは同延上にあり、同時に起こるものだということである。(Butler 151)

モイは右記のバトラーの解釈に対して反撃を試みている。「セックス／ジェンダー」の従来の概念には、確かに階級、人種、年齢、国籍などへの考慮が欠けているから、この概念セットが「女とは何なのか」を考える際には不十分な用語であると認めながらも、しかし、モイは、「セックス／ジェンダー」のペアが突然、脱構築の対象となったことに警鐘を鳴らしている。むしろ、フェミニストが警戒すべき対象は、本質主義的・生物学的な決定論であると主張される。モイは、ＬＧＢＴなどの存在は、すべての人間が男／女にカテゴライズされ得ない事実を明らかにしているし、境界が不明瞭な事例は常にあると述べた上で、もしレズビアンやゲイが差別に苦しんでいるとしたら、それはセックスやセクシュアリティにまつわる規範やイデオロギーのせいであって、生物学的に二つのセックス（男／女）があるからではないと断言する (Moi 35–40)。ここで、当然、身体の問題が浮上するが、モイは、ボーヴォワールの「身体は状況である」(Beauvoir 46) という言葉を取り上げて、身体は物ではなく「状況」であるから固定せずに、女はなろうとしているものに「なる過程である」と解釈されている（Moi 59; 他には Jackson 288; Spence 94）。ボーヴォワールが言うように、「女は固定した現実ではなく、なるものである」(Beauvoir 46)。

この理論、つまり「女はなるもの」を念頭に置いて、小説の四〇章を中心に、「旅する匿名の女」という表象が意味するものを考えてみたい。

四〇章は、一人の女がヤルベリーの丘を越えて、カスターブリッジの救貧院までの道のりを徒歩で向かおうとする有名な場面である。この章では「ファニー」という呼称は一度も出てこない。ファニーは、「女」、「彼女」、「歩行者」、「旅人」として記される。もちろん、読者は直前の三九章で市場からの帰宅途中にバスシバとトロイがファニーに遭遇しているから、四〇章の「女」が誰なのかをすぐに判別できる。では、なぜハーディは、この章では匿名性にこだわったのか。

ハーディがファニーを匿名で描く理由は、女の苦境の典型を強調するためだと考えられる。女の貧しさ、女の妊娠・出産につきまとう社会的規範と女の身体、ボーヴォワールの言葉で言えば「女の生きている状況」(Beauvoir 653) を強調することで、ハーディは女とは何かを理解するための出発点としている。暗闇の中の「形のないかたまり」や「あえぐ衣服のかたまり」（四〇章）をことさら強調することで弱体化された女の状況が強調されると共に、それと同時に、もっと肝心なことは、この章では、女に旅をさせることで、「新しく創造される状況」(Beauvoir 283) が描かれている点である。言い換えると、「旅という開かれた状態」を女に経験させることで、苦境という閉じた状況下においても、閉じることのない女の意志と自由への可能性を探っていると考えられる。(3)「旅する女」が内包するものへの探究がなければ、四〇章のファニーは単なる弱い女の表象に終始してしまう。

実際に四〇章では、女（ファニー）はさまざまな工夫をして救貧院までの二マイルの道のりを歩もうとする。女は「発明の才を発揮して」（四〇章）、ヤルベリーの雑木林で、編み垣職人が仕分けた枝の束から二本の枝を選び出して松葉杖の代わりにする。松葉杖は役に立つが、体重が腕にかかることで長くは使用できない。次に女はその枝を杖にして歩いてみる。これも役立たないとわかると、今度は、「鉄柱をもう五本行けば目的地にたどり着ける」（四〇章）というふうに自分をだましながら前進を試みる。女のこの工夫は、近視眼的な物の見方が先験的な洞察眼よりも効果的な結果を生む場合があるという逆説的な真理として、語り手から高く評価されている（四〇章）。

これほどの工夫をして、女が歩こうとする理由は何なのか。女の望みは、救貧院にたどり着き、そこで赤ん坊を産み落とすことである。語り手は、女の編み出す工夫と挑戦を、絶望という極限に達するまで追いかけようとする。

如何なる工夫も、旅の女がここで実行したほど痛々しくなされたことはなかったであろう。最後の絶望的な八〇〇ヤードを人知れず歩き切るために、ありとあらゆる可能な助け、方法、計略、用具などが、頭の中で忙しく反芻されたが、どれも実行不可能だとわかって、諦めたのである。杖を使うか、馬車に乗るか、這っていくかと考えてみた。しまいには、転がっていくことも考えた。このうちの最後の二つに必要な労力は、まっすぐ歩いていくよりも、はるかに大きなものだった。工夫する知力はもう使い果たし、ついに絶望に陥った。（四〇章）

万策尽き果てた女が次に見つけるものは犬の助けである。女を助けるのはなぜ犬なのか。

この犬は、非常に変わった不思議な犬に見えたので、犬の一般的な種類には属していないようでもあった。品種は特定できなかったが、犬の偉大さというものが理想的に具現化されたものであった。つまり、すべての犬に共通するものを普遍化したものと言ってもよい。悲しく厳かで、それでいて情け深くもある夜の一面が、人目をはばかる残酷な夜の面から分離して、犬の姿に具現化されたのである。暗闇というものは、とるに足らない平凡な人々に、詩的才能を与えるものだが、この苦悩する女も自分の思いを、形あるものに創り上げたのである。（四〇章）

犬は、女が生きようとする際に総動員させた想像力と意志が生み出したある種の擬人化であり、比喩であり、理想であり、慈悲というものの具体的な姿であったと言える。「生きる」という言葉を「自由になる」という言葉に置き換えることもできる。ボーヴォワールが言っているように、自由は絶対的なものではなく、状況に縛られているが、女はその状況の限界を拒み、未来の道を切り拓くように努力しなければならない、ということになる（Beauvoir 680）。ファニーも生きるための方法を見つけようと努力し、工夫している。

旅する匿名の女としてファニーが描かれた理由は、何かに到達しようとする女の意志を書き込むためである。(4) その何かとはファニーにとっては「自由」などとはほど遠いだろうが、だが、少なくとも今の状況から抜け出そうとする意志であることは確かである。こうして、「開かれた女の状況」（Moi 83）を描き出そうとする意図が、この章から推察できるのである。その意味で、四〇章は「女とは何なのか」という問いへの一つの答えを提示している。

三

救貧院にたどり着いた匿名の女の死は、次の四一章で村人ジョゼフ・プアグラスによってバスシバに伝わることになる。プアグラスの語るファニーの最期は、ウェセックスの田舎人のコーラスの一部として、バラッド風な物語として語られているが（Hawkins 55）、その意味を考察してみたい。

プアグラスが語る物語は、ファニーが兵隊を追いかけて、お針子で生計を立てていたが、突然その町から出奔し、カスターブリッジの救貧院で死に果てたという内容である。それは、男にだまされた「マグダラのマリア」の典型例である。(5) 男、お針子、救貧院、死という用語で要約されるファニーの一生は、女の身体、ジェンダー、罰、貧困、階級という檻の中で身動きのとれない閉じた人生、疎外された人生として語られている。

「あの娘《こ》は、はじめは、ウェセックスのあっちのほうの兵舎の町に住んでいたんで。そんで、数ケ月ほど、メルチェスターでお針子なんかで暮らしとりました。仕立て物で生活しとる、たいそう立派な後家さんとこの家で働いとったそうで。あの娘は、日曜の朝に救貧院に着いたばっかりだったと思いますだ。メルチェスターからの道を、やっとこさで歩いとったと、あちこちの噂ですわ。なんで、メルチェスターを立ち去ったのか、わかんねえです。ともかく、おら、何も知らんですわ。嘘つくことは、できっこありませんわ。こんなんが、話のあらましってわけです、奥さん」。（四一章）

プアグラスは、自分の語りに信憑性を与えるために、ゲイブリエル・オウクとウィリアム・ボールドウッドの言葉を直接伝えて、語りの効果を高めているが、ここでは、二人の男が語ろうとしない秘密の内容に意味を持たせている。

「オウクとボールドウッドさんが、ちょっとだけ話してくれました。『ファニー・ロビンが死んでしまったよ、ジョゼフ』ってゲイブリエルがいつもとおんなじふうで、おらの顔をじっと見て言うとりました。おらは気の毒に思って、こう言ったです。『へえ！　なんでまた死んじまったんです?』『うん、あの娘はカスターブリッジの救貧院で亡くなったんだ』って言うとりました。『どうして死んだかってことは、あまり重要なことじゃないだろう。日曜の朝早くに、そこにやって来て、その日のうちに逝ってしまったんだ。それだけは、はっきりしている』って。そんで、おらは、あの娘が最近は何しとったのかと聞いてみたんです。すると、ボールドウッドさんが、杖の先っぽであざみを突くのを止めなさって、おらのほうを向きなさりましただ。旦那が言うには、おらが奥さんに言うたとおり、あの娘はメルチェスターでお針子して暮らしとったそうで。そんで、まえの週のしまいごろには、そこを出て、土曜の晩に、暗いなか、ここらを歩いていたそうです。そんで、お二人は、おらが奥さんに、あの娘が逝ったことを少しばかし言っとくほうがええとおっしゃって。そんで、お二人は行ってしまったです。あの娘は、夜風にあたったんで死んでしまったのかもなあ。というのも、みんなが噂しとったが、あの娘は肺さ病んで死んじまうだろうって。冬になると、ごっつう咳しとったもんだ。だけんど、そんなことは、今となっては、どうでもいいことですだ。もう、終わっちまったことだで」。(四一章)

ここでは「死因はさして重要ではない」と言って、オウクは、事の真相が口外されないように釘を刺しているわけだが、プアグラスは立ち入らないという態度で、ファニーの死因を病弱な体質のせいにして、当たり障りのない説明で話を終えている。プアグラスの話を聞いているバスシバは、

「語られていない」ファニーの死因を推測して、衝撃を隠すことができない。ここでのプアグラスの語りの目的は墜ちた女の物語を類型の中にはめ込むことにあるが、同時にここでの語りの効果は、ファニーの末期が最も害のない方法で語られている点にある。プアグラスの素朴な（節約された）語りにはファニーの末期の惨状を緩和させる効果が大きい。根も葉もない残酷な噂話が回避され、彼女の死を普遍的事実の中に閉じ込め、ファニーの死の尊厳が保たれている。(6)

次にファニーの死を語るのはジャン・コガンである。ここでも死という事実が凡庸な語りによって再度、普遍化されている。四二章は、ファニーの亡骸を荷馬車で運ぶ途中でプアグラスが酒場で酔いつぶれる有名な章である。コガンは、亡骸を運ぶことよりも酒を飲むことを優先させる理由について、憤慨したオウクに次のように説明している。この場面は、『カスターブリッジの町長』でカクソム婆さんが臨終のスーザン・ヘンチャードを劇的に語った場面を彷彿とさせる。スーザンが死んだあとで町の一員になったように、コガンの淡々とした語りの中で、ファニーはウェザーベリーの共同体の一員として承認されることになる。

「誰も死んだ女に悪さはしねえよ」。コガンが、ついに、きっちりと言いたいことを言い放った。「あの娘にしてやれることは全部してやった。それにあの娘は、もうおれたちの手の届かねえところにいる。感じることも見ることもできないし、何をしてやってもわかんねえ土くれのために、なんで大の男が必死で急ぐことがあるのかい？　あの娘が生きてるなら、おれだって、真っ先に助けてやっただろうよ。食ったり飲んだりしたいと言ったら、おごってもやるし、現金でよ。だがな、あの娘は死んじまった。どんだけ急いだところで、生き返るわけでもない。あの世に行ってしもうたから。だから、あの娘に時間かけたって、無駄ってことよ。着くことが肝心なんで、頼まれてもいないのに、なんで、そんなに急がなきゃあなんねえんだ？オウク、飲めよ。機嫌を直せよ、おれたちだって、明日になれば、あの娘とおんなじ運命かもしれねえからな」。（四二章）

ここでは、コガンの死生観、つまり死は逃れようもない現実という彼の考え方の中にファニーの死は埋め込まれ、ファニーの末期の惨状が特異なものではなく、むしろ普遍的事実として捉えられている。コガンはファニーの死に無関係な人物であるから、バスシバが受けたような衝撃を味わうことはないが、ここではファニーの死を冷静に捉えるという役割を担っている。この世の人間が遺体のために右往左往することはないという突き放した語りには、ある種の真実があるし、「生きてるなら、おれだって、真っ先に助けてやっただろうよ」によって、ファニーは村の一員として相互依存の配慮の中に置かれている。

だが、ファニーが村の一員になったとしても、ファニーは類型にすぎない。「語られる女」は「自らを語る女」へ変化すべきであろう。その手助けをするのはバスシバである。バスシバを媒介にしてファニーは「語る女」という主体へと変貌していく。

四

小説の四三章において、我々は再度、女の典型的な表象に遭遇する。棺に眠る聖母子像をバスシバと共に垣間見ることになる。バスシバは、ファニーの出産の事実を確認するために棺の蓋をこじ開けるのである。蝋燭の光に照らし出された母子の亡骸は、聖母子との連想から同情を誘うヴィクトリア朝的な仕掛けであり、堕落した女を聖なる女に転化させる方法であろう。しかしながら、この章が語っていることは、浄められたマグダラのマリアという構図だけではない。むしろ、典型的な「女の表象」を使うことで、女の苦悩の共有化が試みられている。

四三章の章題は「ファニーの復讐」であるが、ファニーは死んでから、確かに復讐を遂げたと言えよう。なぜならバスシバの猜疑心と嫉妬心が火のように燃えさかるからだ。ここでは、バスシバは自分よりも達観的に物事を見極めることのできるオウクの助言を求めたいと思う。だが、彼女がオウクの助けを断念したことには意味がある。オウクではなく、ファニーを媒介にして、バスシバが女の置かれた苦境を直視する必要があるからだ。語り手は、亡骸が荷馬車で運ばれる途中で、ファニーの情念が不死鳥のように蘇り、その夜のバスシバとの遭遇を運命と共に共謀し、しかも、その死によってファニーを偉大なものへと変身させたと語っている。これはバスシバの感慨でもある。

自然で慎み深く、しかも実際的な方法で、ファニーを荷馬車で運ぼうと万端整った時、あの情念の炎が、不死鳥のごとく、蘇りのために、ファニーの遺灰の中で燃え盛っていたにちがいない。たった一つの偉業、死という偉業によって、卑しい境遇も偉大なものに変化しうるのだが、ファニーはその死に到達したのである。しかも、運命は、死という偉業に、今夜の偶然の巡り会いを付け加えたのである。狂気を帯びたバスシバの想像力の中では、この巡り会いは、ファニーの失敗を成功に、屈辱を勝利に、不運を優勢に逆転させたのだった。その一方で、この巡り会いは、バスシバには、ぎらぎらした冷やかしの光を投げかけ、彼女のまわりのすべての物にけしかけて、こぞって皮肉な笑みを浮かべさせたのである。(四三章)

バスシバがファニーに復讐されたと感じ取るのは、バスシバが女の苦境を理解できるからである。生前のファニーは自身の苦痛を話す術を与えられなかったが、バスシバがその苦悩を理解し、言語化するのである。金髪に縁取られたファニーの死顔は、モーゼの厳しい戒律のように、「火には火を、傷には傷を、争いには争いを」(四三章)と強烈な勝利宣言をその表情に浮かべて、バスシバの想像の中では、その復讐が遂げられたと解釈されているが、ここで肝心なことは、この仕返しの激しさをバスシバがファニーから感じ取ることで、ファニーの苦悩に参加していることである。トロイが「女は着ている物が違っていても本質においてすべて同じだ」(四三章)と直感したのは、バスシバの嫉妬心と独占欲に対する驚きの表現であったが、彼の感慨は、二人の女の「共感の現場」に遭遇したことへの鋭い直感として解釈できよう。

苦悩の共有は、バスシバが望んだことではないが、この過程を通して、バスシバは何かを得ている。その何かとは共感によって得られる強さである（工藤　八三；Sprechman 38）。このように、ファニーは、死ぬことによって、バスシバの共感を手段に生きる者となる。バスシバの感情の強さがファニーの怒りを代弁するので、ファニーはバスシバの強さを借りて魔女にもなる。

ファニーとバスシバの共感、つまりバスシバとファニーが手を結ぶことは四六章で具体化されている。ここでは、ファニーの怒りはトロイの悔恨と感傷（高価な墓石を購入して墓に花を植える行為）に対して向けられている。埋葬されてもなお、ファニーの復讐は続行する。しかも、今度は棺の中の聖母子ではなく、魔女という表象が使われている。

トロイが注文した墓石が教会裏の片隅に据え付けられたあと、その仕上げとして、トロイは自らの手で、ファニーの墓に花の苗や球根を植えていく。この行為をあざ笑うのは教会の樋嘴《といばし》用に取り付けられた彫刻、グリフィンにも似た石の怪物である。真夜中に降り出した雨は土砂降りとなって樋嘴の水量を増し、ファニーの墓の真ん中へと流れ込んでいく。

次の描写は、雨水が墓の土をかき回し、チョコレートのように沸き返りながら花をひっくり返していく惨状である。

その多数の花は後悔の念に苛まれたファニーの恋人が丹念に植えたものであったが、今や花床の中でのたうつように動き始めていた。冬咲きのスミレはゆっくりとひっくり返り、泥のむしろと化した。やがてまつゆき草や他の球根も、大釜でゆでる材料のようにグツグツと煮えたぎり、固まりとなって踊り始めた。芝草類はほどけてばらばらになり、地表に浮かび上がって流れてしまった。（四六章）

ここでは、樋嘴がトロイの感傷を冷笑していると思わせながら、実は樋嘴と共謀して、大鍋と化した墓（ファニー）が花と球根（トロイの愛情）をぐつぐつと煮込んで破壊するのである。大釜はもともと西洋文化の中で、料理、醸造、薬草作りなど、何かを作り出すための女の重要な道具であったが、大釜が邪悪のイメージと結びついた時、女は魔女となり、恐怖の対象となった。人の命を奪って生き長らえる魔女のイメージは、子供の命をむさぼり食う絵柄となり、大釜は魔女特有の邪悪な道具となる (Arber 38–39)。ファニーの墓も大釜となり、ファニーは悪意の表象としての魔女に変身する。「煮えたぎる鍋」（四六章）から連想される魔女のイメージは、悪を表象する典型的な比喩であるので、ファニーの怒りの度合いが強調されるが、ここで重要なことは、ファニーの怒りがバスシバによって鎮められる（修復される）という設定である。

トロイは、墓の惨状を目の当たりにしながら、墓を修復しようとはしない。雨水で流された墓の土を埋め直すことも花を植え直すこともせずに墓地を出ていく。墓を復元するのはバスシバである。彼女はオウクの助けを借りて、飛び散った土を埋め、花や球根を植え直し、樋嘴の方向を変えることを教区委員に依頼するようにオウクに頼んでいる。最後に、「愛するファニー・ロビンの思い出のためにフランシス・トロイによって建立」と彫られた墓石の泥をぬぐって墓の修復を遂げる。

ファニーの怒りを鎮めたのはバスシバであると述べたが、煮えたぎる大釜に喩えられる破壊的なファニーの怒りはバスシバ自身の怒りでもある。したがって、バスシバが丁寧にぬぐった泥は自身の怒りを鎮める行為でもあるし、花瓶の花を棺の中のファニーにたむけた行為と同じように(四三章)、花を植え直す行為は自分自身を鎮静化させるための手段であった。このように、バスシバはファニーの怒りを直視することで自分(女)の状況と同一視し、無意識ではあるが、ファニーへの共感を獲得する。(7)

弱い者が強い者を助けるという構図は、四〇章の犬の助けを借りる場面でも見られたが、ファニーとバスシバの関係も同様である。同時に、強い感情を持つバスシバの想像力の中に取り込まれたファニーは復讐するワシュテ(四三章)となり、魔女にもなって、逆にバスシバに力を貸し与えるのである。女同士の双方向的なやりとりは、キャロル・ギリガンの言う「ケアの倫理」とも言えよう。ギリガンはその著書で、男の「正義の倫理」と女の「ケア」の倫理とを対比させて見せた(Gilligan 16–17)。この女性特有の「ケアの倫理」という考え方に対して、モイは、「ケア」であろうが「フェミニストの口うるさい文句」であろうが、どんなレッテルにしても、ジェンダーによって差異を作り上げることは性差別主義者がジェンダーの典型としてそれを利用しかねないことを懸念して、ギリガンのケアの倫理に批判的である(Moi 57, 109)。だが、無意識ではあるが、バスシバはファニーに現に力を与えたし、バスシバもファニーから力を授けられている。二人の共感は、

「女とは何なのか」という問いに対する一つの答えを与えているように思われる。

本節では、棺の中の聖母子や魔女の大釜にたとえられた墓など、いわゆるイデオロギー的表象に閉じ込められたファニーが、バスシバを媒介にして、逆説的に機能する力を考察することができた。

五

「女とは何なのか」という質問にはいくつもの答えがあるだろう。非本質主義者の多くのフェミニストが強調するように、「女の身体は運命ではない」(Moi 76)。だが、ハーディは運命論者であるから、人間の運命については悲観的であったし、女の開かれた未来を手放しで称揚しようとはしないだろう。本稿でも眺めてきたように、イデオロギー的な比喩やジェンダー化した表象を使いながら女を描くことがハーディの常套手段とも言える。だが、ハーディは故意に閉塞的な枠組や比喩を使うことで、「開く」という行為に駆り立てられる読者の心理を刺激しているように思われるし、実際にステレオタイプの中に女を据えて、女がそれを打開するように仕向けている。この事実は、ファニーというきわめて閉じた女の表象を使うことで、却って女という表象の多相性が開示されたことからも納得できよう。

本稿の二で考察したように、「旅する匿名の女」という表象は貧困と抑圧の中で生きる女の典型であるが、同時に、その女を旅という過程の中に置くことで、限られた状況からの脱皮を試みる女の意志が強調されていた。

また本稿の三では、「語られる女」という受け身の女の表象によって、ファニーの類型化がいっそう確認できるが、死者を村人が語るという行為によって、ファニーは共同体の一員として受容され、その中で生き続けるという効用が図られている。しかし、「語りの対象」という枠にファニーはとどまってはいない。

本稿の四で考察したように、ファニーはバスシバを介して「自らを語る女」となる。聖母子像や魔女という二項対立化した女性像に閉じ込められたファニーを提示することで、強い感情を持つバスシバがファニーの苦悩を共有・共感することによって、ファニーは閉じた空間の中でむしろ言葉を与えられ、生き直すことが可能となる。ここではファニーに逆説的な力が与えられている。

このように、女というさまざまな表象を使うことで、ある時は意志の強さを例示する手段ともなったし、またある時は共同体の一員としての普遍性が強調されたし、また女同士の共感を描く術ともなっていた。こうして類型的な女の表象自体が反転し、逆説的に、閉じた表象を越える手段となっている。

注

（1）一方で、ヘミングスは、七〇年代のフェミニズムが八〇年代九〇年代のポスト構造主義フェミニズムとの型通りの比較によって、過小評価されていることについて批判している (Hemmings 115–139)。

（2）翻訳は竹村和子訳から引用した。

（3）ボーヴォワールは「すべての主体は他の自由にむかって不断の自己超越をすることによってのみ自己の自由を達成する」と言っている (Beauvoir 17)。

（4）マイルズは、ファニーの十字架の道行き (Fanny's Calvary) について、運命を乗り越えた人間の勝利、意志の勝利だと述べている。マイルズは、ハーディの女性描写の卓越性について指摘している (Miles 23–44)。

（5）ファニーの生涯は、バスシバが羊の毛刈りをねぎらう夕食会で歌ったスコットランド小唄の内容と類似している（二三章）。小唄 "The Banks of Allan Water" は、軍人の恋人に裏切られ死んだ粉屋の娘の生涯を語っている (Bullen 39–40)。

（6）デイヴが言うように、"the peace of ignorance" を身につけた田舎人はこの世に多くを求めない代わりに、自分たちの範疇を越える世界・宇宙と格闘しない (Dave 54)。

（7）ブーメラは、バスシバがファニーの墓を整える場面で二人の女はトロイから被った苦しみの部分で同等となる、と述べている (Boumelha 45)。

引用文献

Arber, Sara and Jay Ginn. *Gender and Later Life: A Sociological Analysis of Resources and Constraints*. London: Sage Publishers, 1991.

Beauvoir, de Simone. *The Second Sex*. 1949. Trans. Constance Borde and Sheila Malovany-Chevallier. Intro. Sheila

Rowbotham. London: Vintage Books, 2011.

Boumelha, Penny. *Thomas Hardy and Women: Sexual Ideology and Narrative Form*. Brighton: The Harvester Press, 1982.

Bullen, J. B. *Thomas Hardy: The World of His Novels*. London: Frances Lincoln Limited, 2013.

Butler, Judith. *Gender Trouble: Feminism and the Subversion of Identity*. Introduction. By Butler. New York: Routledge, 1990.

Dave, Jagdish Chandra. *The Human Predicament in Hardy's Novels*. London: Macmillan, 1985.

Delphy, Christine. "Rethinking Sex and Gender." *Women's Studies*, Vol. 16, No. 1 (1993): 1–9.

Gilligan, Carol. *In a Different Voice: Psychological Theory and Women's Development*. Cambridge: Harvard UP, 1982.

Hawkins, Desmond. *Hardy: Novelist and Poet*. Newton Abbot: David & Charles, 1976.

Hemmings, Clare. "Telling Feminist Stories." *Feminist Theory*, Vol. 6, No. 2 (2005): 115–139.

Jackson, Stevi. "Why a Materialist Feminism Is (Still) Possible—and Necessary." *Women's Studies International Forum*, Vol. 24, No. 3/4 (2001): 283–293.

Miles, Rosalind. "The Women of Wessex." *The Novels of Thomas Hardy*. Ed. Anne Smith. London: Vision Press, 1979. 23–44.

Moi, Toril. *What Is a Woman? And Other Essays*. Oxford: Oxford UP, 2008.

Richardson, Diane and Victoria Robinson. *Introducing Gender and Women's Studies*. 3rd ed. Basingstoke: Palgrave Macmillan, 2008.

Spence, Joe and Joan Solomon, eds. *What Can a Woman Do with a Camera?* London: Scarlet Press, 1995.

Sprechman, Ellen Lew. *Seeing Women as Men: Role Reversal in the Novels of Thomas Hardy*. Lanham: University Press of America, Inc, 1995.

West, Candace and Don H. Zimmerman. "Doing Gender." *Gender and Society*, Vol. 1, No. 2 (Jun. 1987): 125–151.

Wittig, Monique. *The Straight Mind and Other Essays*. Foreword. By Louise Turcotte. Boston: Beacon Press, 1992.
バトラー、ジュディス『ジェンダー・トラブル——フェミニズムとアイデンティティの攪乱』、竹村和子訳、東京、青土社、一九九九年。
工藤紅「Fellowship が構築するコミュニティ」、『ハーディ研究』、日本ハーディ協会　三四号、二〇〇八年、八二—一〇一。

第四章　トロイの矛盾
――『はるか群衆を離れて』における表象としてのイギリス陸軍――

坂田　薫子

一

トマス・ハーディが『はるか群衆を離れて』を連載中の一八七四年、ロイヤル・アカデミーにエリザベス・トンプソン（後のレディ・バトラー）の『点呼』が展示され、空前絶後の人気を博した。ヴィクトリア朝絵画の研究者たちは、ヴィクトリア朝後期にバトル（ミリタリー）・ペインティングが急増したことを単に国粋主義の台頭ととらえるのではなく、そこにもっと複雑なメッセージを読み取るべきであると主張する。[1] まず一八五〇年代、クリミア戦争によって人々の陸軍への興味が掻き立てられ、一八六〇年代と七〇年代にはカードウェル改革の議論で再び人々の陸軍への興味に火が点いた。『点呼』が展示されたのはまさに「何ヶ月にもわたって一般大衆の関心をとらえて離さなかった政治的論争の余波」(Lalumia, "Lady Butler" 12) の中であったのだ。だとすると、ハーディが『はるか』を書いたのも、このように人々の関心が陸軍の在り方に向けられていた時期であり、ハーディも、そして彼の作品を手にした当時の読者も、陸軍に多大な興味を持っていたと考えられる。

となれば、一八七〇年代という時代と、ハーディが『はるか』においてフランシス・トロイを陸軍軍人に設定したことの間には何か関係がありそうである。エドワード・スピアーズによると、一九世紀後半から二〇世紀前半は、予備軍の人数を入れても、陸軍軍人の数は男性人口の一から二パーセントにすぎなかったというので (Spiers, *Army* 35)、そこまで成り手の少ない「職」を登場人物に与えたことに、作者ハーディの意図を勘ぐってもよいのではないか。ローズマリー・モーガンはその著書の二章で、『はるか』の改訂によってトロイが段々とジェントルマンに近づいていった理由の一つとして、ハーディ自身がトロイのような人物に魅力を感じていたために、彼のようなタイプを悪役として切り捨てられなかった可能性を示唆しているが (Morgan 32–33)、実はハーディは完全に負の効果を狙ってトロイのジェントリー化を行ったのではないか。トロイを貴族的に改訂していくことで、軍人として、より無責任な姿に変えていき、当時人々の非難の対象であった否定的な軍人を想起させる設定にしていったのかもしれない。

一方で、そうした操作のために矛盾も生じている。実際トロイは貴族を想起させる士官ではない。彼は、レディ・バトラーの絵画にも明らかなように、一八七〇年代の陸軍の改革論において理想の軍人像として語られるようになった、人々の信頼の厚い下士官の最高位にいる軍曹という設定になっている。スピアーズによれば、クリミア戦争が明らかにしたものとは士官たちの無能さであり (Spiers, *Army* 99–102)、クリミア戦争がもたらしたものとは一般の兵卒のイメージと評判の向上であったというし(Spiers, *Army* 102–03, 116–17)、マシュー・ラルミアによれば、クリミア戦争の結果を受け、人々は指導力のない貴族の士官たちを責め、下士官兵の勇敢さを称えたという(Lalumia, "Realism" passim)。J・W・M・ヒックバーガーの表現を借りれば、当時は「下士官兵をヒーロー視する動き」(Hichberger 101)が顕著であったのだ。ラルミアは、ヴィクトリア朝後期のバトル(ミリタリー)・ペインティングには、現代の観衆にはわかりづらくても、クリミア戦争が引き起こした議論を知っていた当時の観衆にははっきりと伝わる意味に満ちていたと指摘する(Lalumia, "Realism" 28)。それと同じように、現代の読者にはわかりにくいとしても、陸軍の改革論が真っ盛りであった当時の読者には、軍曹であるトロイは陸軍軍人として優れていたにちがいないという肯定的なイメージが伝わっていた可能性が高い。育ての親と生物学上の親が異なっているという設定もトロイに二面性を与えているが、彼は陸軍軍人に設定されたことで、陸軍が想起する、相反する二重の象徴を背負わされ、結果、彼の描写には大きな矛盾が生じてしまったのかもしれない。

軍人としてのトロイについての研究はほとんどなく、筆者の知る限り、クラリス・ショートやジョン・ペック、そしてジョン・リードが論文や著書でごく簡単に触れているだけである。そこで、本論では、軍人としてのトロイに焦点を当て、ハーディがトロイをイギリス陸軍正規軍の軍曹に設定した意味と、その効果(と矛盾)について考察してみる。

二

『オクスフォード版リーダーズ・コンパニオン』によると、『はるか』における小説の現在は一八六〇年代前半である (Sasaki 124)。そのため、トロイが軍人として陸軍で過ごしたと考えられる時期は一八五〇年代となる。つまり、トロイは改革後の陸軍ではなく、改革を必要としていた陸軍に身を置いていたということになり、彼には改革前、人々が陸軍軍人の正規兵に抱いていた否定的イメージが背負わされていると考えることができる。(2) 本論で参照する多くの研究書から、ヴィクトリア朝の人々は、貴族出身の士官に不信感を覚える一方で、下層階級出身の下士官兵に偏見を抱いていたことがうかがえるが、トロイにこの陸軍軍人の二重の否定的側面が読み取れるのではないか。そのことを考察するために、まずはトロイ描写に読み取ることのできる士官批判について分析してみよう。

一八五〇年代、人々はクリミア戦争における陸軍指導部の無能さに幻滅し、才能も経験も気概も持ち合わせていないのに、お金で任官辞令を買って正規兵となった多くの上流階級の息子たちに負のイメージを抱くようになる (Spiers, *Army* 99–102; Lalumia, "Realism" 32–34)。陸軍は「英国における特権と古めかしい習慣の最後の拠り所」(Lalumia, "Lady Butler" 11) であり、「粋で洒落者の貴族の活動分野」(Markovits 234) であると見なされ、貴族が陸軍に影響力を行使していることに異議が唱えられるようになる (Burroughs 183; Markovits 83)。

トロイは草稿では平民出身の下士官という設定だったのだが、改訂に伴ってその出自が変更されていき、次第に上流階級の息子たちの負のイメージを背負わされていく。トロイの出自の最も象徴的な変更点は、当初は貧しい医者の息子であった設定が、私生児で、生物学上の父親が貴族（伯爵）に変えられた点である。貴族の血が流れていると設定されることで、トロイには貴族出身の無能な軍人のイメージが付与される。お金で任官辞令を買い、士官となった多くの上流階級の息子たちは名ばかりの軍人で、まともな訓練を受けていないため、実戦に駆り出されても国を守れるはずもなかった。その結果、クリミア戦争では多くの犠牲者を出してしまうことになる。それを象徴するかのように、トロイも農業経営に関してはまったくの素人で、バスシバ・エヴァディーンと結婚することで農業経営者という名を手に入れ、雇用主となっても、上流階級の息子たちで構成されている士官たちがまともに国を守れなかったのと同じように、ウェザーベリー農場を維持することができない。彼に代わってウェザーベリー農場を守るのは、被雇用者の一人である一介の羊飼いゲイブリエル・オウクとなっている。

そして、スピアーズが指摘するように、平和時、士官たちは基本的にはすることがなかったため、遊びほうけ、会食と飲酒とギャンブルにふけっていた (Spiers, *Army* 22–23)。さらには、ヒックバーガーによると、陸軍将校は貴族であり兵士であるため、女性たちの誘惑者として最も批判の対象になっていたという (Hichberger 161–62)。この否定的な姿がトロイに表象されている。ヴィクトリア朝の人々が正規兵に見て取ることができると考えていた貴族的悪徳（お酒、たばこ、賭け事、女遊び）をトロイはことごとく体現させられている。特に二五章でトロイの際立った特質として取り上げられている彼の刹那主義は、ヴィクトリア朝の他の小説にも登場する上流階級のやる気のなさと重なっている。トロイに国や故郷を守ろうとする気概がないことは、バスシバと結婚するやいなや、彼女のお金で除隊させてもらい、悠々自適な生活を始めることで明白になる。この場面はジョン・エヴァレット・ミレイが一八五六年にロイヤル・アカデミーに展示した『講和条約締結』にまつわる議論を想起させる。ミレイの絵画は、当時コネで戦場から逃れた上流階級（いわば「緊急の私事」で帰国した陸軍士官たち）への批判と解釈されることがあるが (Hichberger 135–37; Lalumia, "Realism" 34–36; *Realism* 92–96)、[3] トロイも軍を辞めることでこうしたアンチ・ヒーロー性を垣間見させる。三六章から三八章にかけて、トロイは嵐という自然災害からウェザーベリー農場を守る「実戦」はオウクに任せ、温かい室内で泥酔し、快楽に走るのである。[4]

三

また、トロイは、駐屯地に不道徳をもたらす悪疫としての陸軍軍人像をも担っている。そのことが端的に示されているのは、五三章でウェザーベリーの村人たちが「あいつが来てからウェザーベリーでは何一つろくなことがない」と嘆く場面だが、特にヴィクトリア朝の人々は、軍人のもたらす悪疫の中でも、女性に対する下士官兵の無責任さと飲酒癖を批判した。まず連隊と女性の問題だが、[5]陸軍軍人は一〇〇人に六人しか結婚を許されなかったため (Spiers, *Army* 57; Trustram 30; Burroughs 173)、[6]キャンプ・フォロワーや公認の売春婦のみでなく、駐屯地の若い女性たちを性の対象とすることがあり、彼らは駐屯地周辺の人々に風紀を乱す厄介者と見なされた。さらに、「伝染病法」によって、陸軍軍人とキャンプが悪の温床として忌み嫌われるようになった (Trustram 131–37; French 248–50)。また、陸軍軍人は入隊すると妻子を置き去りにしても咎められなかったため、陸軍に入れば都合よく責任逃れができたこともあり (Spiers, *Army* 45; Trustram 51–59)、人々は妻や子どもに対する軍人たちの責任のなさが知るところとなるたびに衝撃を受け、軍人には家族との絆がないと考えられるようになった (Trustram 59–62)。こうした女性に関する陸軍軍人の負のイメージがトロイに体現させられている。二四章でリディ・スモールベリーはバスシバにトロイについて説明する際、「口にするのもはばかられるけれど、放蕩な人です」と、さらに草稿では、「正直な女の子たちに破滅をもたらしてばかりいると人々は言っています」とまで言っている。また三〇章ではトロイは「身持ちの悪い」、「手が速い」と形容されている。特に彼の女性に対する無責任さはファニー・ロビンへの態度に象徴されている。トロイは実際にファニーを身ごもらせ、たとえどのような理由があったとしても、結果として棄て去り、死に至らしめてしまうのだ。

また、スピアーズによると、陸軍では軍事教育はまれで、単調で退屈な型にはまった訓練をこなすだけだったため、[7]平和時、下士官兵は娯楽の機会にも欠け、やることがなく、暇を持て余し、多くの下士官兵が飲酒に走ったという (Spiers, *Army* 60–62; *Late Victorian* 142–43)。このため、スコット・マイヤリーによれば、「軍人＝制服＝アルコール」という連想ができあがる (Myerly 73)。『はるか』においても陸軍とお酒は切っても切り離せない。一〇章で、ウィリアム・スモールベリーは兵舎を去って行く連隊について語る時、「町中のパブの連中と名もない女たちが、去って行く連隊を涙ながらに見送った」と述べている。こうした陸軍への嫌悪感が軍服への嫌悪感を生み (Spiers, *Army* 73; Myerly 130–31)、当時、人々は軍服を着た陸軍軍人が公園や劇場やレストランなどの公共の場所に入ることをひどく嫌ったというが (Skelley 247; Spiers, "Late Victorian" 190; French 232–33)、それは、軍人たちが実際にそうした場所で問題を起こしてオーナーたちを困らせたためだけではなく、[8] 他の常連客がそれだけ陸軍軍人の存在を疎ましく思っていたからでもある。[9] スピアーズによれば、人々は近所に兵舎ができることに猛反対をしたというし (Spiers, *Army* 161)、アラン・スケリーは、連隊に農作物の収穫を手伝わせようという申し出が猛反対にあったエピソードを紹介している (Skelley 247)。『はるか』でも、トロイ描写の特徴の一つが、彼の軍服の赤い色を強調する点にあるのは示唆的である。

さらに、スケリーの著書の五章に詳しいように、[10] 下士官兵として陸軍に入るのは、様々な意味で世の中の最下層の者たちだけであると人々は考えていた。人々は陸軍を「国のごみ箱」(Skelley 245)、「不良の更生機関」(Skelley 245)、「物乞いと犯罪者のみに相応しい場所」(Skelley 245) と、入隊を「救貧院に入らないための最後の手段」(Skelley 248) と見なしていた。スピアーズによれば、家族が陸軍に入ることは「一家の面汚し」(Spiers, "Late Victorian" 190) と考えられており、スケリーやスピアーズは、陸軍に入った兵士の家族や周囲の人々の失望の一例として、「息子が軍に入るくらいなら、いっそ死んでくれた方がいい」と述べたある家族の嘆きを紹介している (Skelley 246; Spiers, *Late Victorian* 132)。軍というキャリアは「軽蔑」(Skelley 245) や「侮蔑」(Skelley 246) でとらえられ、中産階級の人々のみでなく、労働者階級の人々もひどく正規兵を嫌い (Burroughs 168; French 12)、軍隊というのは下層のくずたちだけが、お金やお酒などを手に入れるために入隊するところととらえられていた (Bond 332; French 12)。六章において、定期市での職探しがうまくいかなかった時、オウクがいっそ騎兵隊に志願してしまおうかと投げやりになるものの、思い止まる場面は示唆的である。[11] オウク同様、ウェザーベリーの村人たちも陸軍を評価していない。一五章では、ウィリアム・ボールドウッドが、もっと「まとも」な人生を歩めただろうにと、トロイの軍人職の選択を嘆き、二九章ではオウクが、陸軍に入った以上、「トロイの将来の見込みは悪化していくだけだ」と指摘し、三三章ではマシュー・ムーンが、よい教育を受け、決して野蛮ではないトロイが軍人になったのは、彼が「慎重さを欠いている」からだと指摘している。こうした村人たちの態度は、陸軍に対して低い評価しか与えていなかった世論を反映していると考えられる。

四

ところが、トロイは陸軍の負のイメージを背負わされてはいるものの、実は彼は貴族出身の士官でもなければ、下層階級出身の一介の下士官兵でもない。彼は下士官の最高位の軍曹までのし上がった、言わば「叩き上げ」である。もちろん、テクスト内に実戦に参加したことがあるという記述がないので、彼の真の実力は不明である。しかし、二八章の彼の「超一流」の剣さばきは、単なる見世物の域を出ないとものとして描かれている可能性が高い一方で、その実、士官の不甲斐なさとは一線を画すものとして描かれている可能性も否定できない。

前述のように、下士官兵は下層階級の就職先というイメージがあった一方で、下士官たちの評価は高かった。下士官は士官たちと下士官兵たちの間の、言わば「中間管理職」の立場にいた。命令を下すのは士官たちだが、それを下士官兵に伝え、実行させるのが下士官たちで、上にも下にも信頼されていなければ務まらなかった。(12) 下士官たちは士官たちとは異なり、財力ではなく、功績で出世を果たしていると人々に高く評価され (French 171)、その中でも下士官たちのトップに位置する軍曹は「信頼性、忠誠心、聡明さ、優れた人格」(Hichberger 102) という資質で昇進した人物として、陸軍の「中堅」(Myerly 3) と見なされていた。トロイはまさにその軍曹にまで昇級している。それも、亡くなった時はまだ二六歳という若さなので、入隊してから、着実に、そして急速に昇級をしていったことがわかる。トロイには実力があり、さらにはホモソーシャルな世界での人望が厚かったことがうかがえる。[13] 一一章にはファニーが兵舎を訪ねて来た時、トロイが仲間たちに冷やかされている場面があるが、ここは、あざけりの冷やかしではなく、仲間意識の中でのからかいととらえるべき場面なのかもしれない。女性に対して誠実とは言い難いトロイは、確かに責任感を欠いている印象を読者に与えるが、軍という集団の中では、規律を守る軍人としての長所を備えていたからこそ、軍曹にまで昇級したことを読み落としてはならないのである。

ラルミアによると、カードウェル改革の一つである一八七二年の任官辞令の売買の禁止で恩恵を受けたのは下士官兵で、彼らは実力で上に上がれるようになった (Lalumia, "Lady Butler" 11–12)。『はるか』の設定はカードウェル改革前の一八六〇年代前半(そしてトロイが軍人だったのはおそらく一八五〇年代)だが、セポイの反乱で活躍した中産階級出身のサー・・ヘンリー・ハヴロックが、優れた将校は貴族だけでないことを示したように (Spiers, *Army* 133)、一八七〇年代のハーディの読者も、トロイが軍曹にまで上がれたからには、彼にはそれに値するだけの実力が備わっていたにちがいないと解釈したと考えられる。

ではここで、トロイの肯定的側面を理解するため、テクストでは断片的な情報としてしか与えられていないトロイの経歴について推測してみよう。

一五章のボールドウッドの説明と二四章のリディの説明によると、トロイは故郷のウェザーベリー村の近郊の町カスターブリッジにあるグラマー・スクールに「何年も何年も」通った後、カスターブリッジの法律家のもとで修習生になる。しかし、トロイは修習生の職を「しばらくしたら」辞めてしまい、軍隊に入隊する。事典『ヴィクトリア朝のイギリス』には、パブリック・スクールに入った生徒は一八歳まで通った後、大学に入学するか、職業訓練に入ったという説明があり(Hopkinson 246)、ジンジャー・フロストによると、中産階級の息子たちは地元のセコンダリー・スクールに一六歳まで通った後、仕事に就くことが多かったという(Frost 46)。ボールドウッドの言う「しばらくしたら」がどの程度の長さなのかは推測の域を出ないが、トロイも、グラマー・スクールに一六歳まで通い、数年働いたとしても、グラマー・スクールを一八歳で卒業し、一年足らずしか勤めることができなかったとしても、一八歳か一九歳のころに軍隊に入ったと想定するのが適当かと思われる。理由は以下のとおりである。

トロイはその墓石によると二六歳で亡くなっている。となると、バスシバと結婚したのは二五歳前後、彼女と出会ったのは二四歳前後で、その時すでに軍曹であったことになる。スケリーによると、兵卒は最初の五年で一階級昇進でき、一〇年以内に軍曹に昇級できたという。ただし、カードウェル改革により、一八七〇年に「陸軍兵籍編入法」が制定され、短期兵役服務期間が導入されてからは、[14] 最初の昇級が最短二年で果たせるようになったとのことである(Skelley 196)。前述のように、『はるか』は一八六〇年代前半が舞台となっていると言われているが、トロイはこの作品の執筆時の一八七〇年以降の速度で昇進を果たしたと仮定すると、一八歳前後で入隊し、約七年後の二四歳前後で軍曹に出世したことになり、計算があう。トロイの出世が迅速であったことをほのめかすかのように、リディは「生まれが高貴だと下士官兵の中でも際立ち」、「トロイは何の苦労もなく昇進できたのだろう」と語っている。

こうしたトロイの経歴からうかがえるのは、トロイが軍において、まじめで態度のよい、うまく人間関係を築ける、能力の優れた兵士であった可能性である。そして、軍で成功したからには、トロイは厳しい規律を守れる人でもあったはずだ。刹那主義や飲酒癖といった否定的側面とは裏腹に、トロイには職の適性や、職場での人間関係構築のうまさなどという肯定的側面もうかがえるのである。

さらにトロイにはヒーロー性も見え隠れする。前述のように、一八六〇年代前半が舞台だと言われる『はるか』で、トロイは二六歳で亡くなっている。一介の下士官兵から軍曹まで出世しているので、スケリーが言うように、そうした出世に一〇年かかるとすると、トロイは一八五〇年代に陸軍にいたことになる。すると、おそらくトロイはクリミア戦争やセポイの反乱に出かけ、軍事行動に従事したと当時の読者は想像したことだろう。なぜなら、功績がないと軍曹に出世することは難しかったからである (French 171)。クリミア戦争の起こった一八五〇年代以降、兵卒は「クリスチャン・ヒーロー」として敬意を得るようになる (Spiers, *Army* 102–03, 116–17, 132–34; Burroughs 184–85; French 233)。[15] トロイにはヒーロー性は皆無である上、そういった経験については一切触れられていないが、トロイにこうしたヒーロー性を付して描写することもハーディには可能であったはずである。[16]

五

以上のように、トロイの経歴を丁寧に読み解けば、当時の読者はトロイにヒーロー性を期待することも可能であったことがうかがえる。しかし、軍曹として本来彼が持つべき魅力はトロイの人物設定に反映されていない。トロイは二七章での蜂の巣の手入れの手伝いや二八章での剣さばきのひけらかしなど、バスシバへのおべっかや誘惑の場面でしか「活躍」させられていない。また、トロイはその時点ではまだウェザーベリー農場に現れていないため、六章の火事の場面で活躍するのは作品のヒーローであるオウクである。しかし、トロイは軍において、その功績で出世したことが想像できるので、もしもその場にいれば、戦火を潜り抜けてきた可能性もあるトロイこそ、采配を振ってもよさそうなものである。トロイは、オウクをヒーローに仕立てるために、ハーディによって、その真価を読者に示す見せ場を奪われているようにも思われる。三六章から三八章にかけて、バスシバのお金で除隊させてもらい、悠々自適な生活を始めたトロイは、野生の本能を失った動物のように危機に鈍感になり、嵐の訪れにも気づかず、泥酔する。火事の場面も嵐の場面も、オウクをヒーローにするためには必要不可欠なものだが、軍曹にまでのし上がったトロイの過去を考えると、二人の対比はどこか作為的なものを感じさせる。

ハーディはトロイを軍曹に設定し、可能性としてのそのヒーロー性をほのめかす一方で、彼の出自を貴族の血を引くものへと書き換えていくことによって、トロイに士官の体現する否定的イメージを付与していった。前述のように、モーガンは、ハーディがトロイをジェントルマンに近づけていくことで、彼に魅力を与えようとした可能性を示唆しているが、ジェントルマンとなることによって、トロイは士官の否定的イメージを背負わされ、却って彼の否定的側面が強調されることになってしまった。そのため、彼が下士官の一人として軍曹にまで出世し、軍人として成功したことが生むプラスのイメージとの間に矛盾を生み、トロイはとらえどころのない「ヒーロー＝ヴィラン」となってしまったのではないだろうか。

六

このようなトロイの二面性による矛盾の結果、彼に関わる他の登場人物も皆、曖昧な立場に置かれている。例えば、彼と結婚するバスシバは、トロイを悪役ととらえれば、誘惑者に翻弄される、か弱き女性としてファニーと一括りにされうる一方で、トロイをクリミア戦争などの海外遠征で活躍したヒーローととらえれば、彼（とオウク）を介抱するバスシバは、ナイチンゲール（とブリタニア）を想起させる強い女性像として浮かび上がってくる。[17] また、彼と対立するボールドウッドの解釈もトロイの二面性によって定まらなくなる。トロイを撃ち殺すボールドウッドは、ローズマリー・サムナーがその著書の四章で分析しているように、ヒロイン、バスシバを苦しめる神経症患者と分析されうる一方で、トロイをウェザーベリーへの闖入者としてとらえれば、ランドオーナー不在のウェザーベリーの秩序を守ることが期待される責任者として、軍人トロイの否定的側面を共同体から排除する役目を担っていると見なすことが可能になる。[18]

トロイに金銭でファニーとの、そして、バスシバとの結婚を迫ったボールドウッドは、女性を商品のように扱うものとしてフェミニズム批評で否定的にとらえられることが多いが、彼が行おうとしたことは、言わば家父長制の長として、乱れた秩序を元に戻そうとした努力であったと考えることもできるようになる。親族のいない貧しいファニーを後見人として、そして階級が上であったために、ファニーの二の舞は踏まずに済んだバスシバを恋人として守ろうと行動するボールドウッドには、古きよき温情主義を見出すことが可能である。しばしば『はるか』はパストラル小説としてとらえられ、オウクが田園の守り手と見なされるが、本論の三で論じたように、トロイが駐屯地に不道徳をもたらす悪疫としての陸軍軍人像を担っていると考えると、ボールドウッドを（敗北するものの）田園の守り手、伝統の担い手としてとらえる読解法もあながち見当外れではなくなるのである。

このように、本論の一でも述べたとおり、軍人としてのトロイの研究は少ないが、それを行うことで、他の登場人物や作品そのものの理解が大幅に深まる可能性が高いことがうかがえ、今後、軍人としてのトロイについて、数多くの研究が行われることを期待したい。

注

本稿は二〇一六年一一月五日に同志社大学で開催された日本ハーディ協会第五九回大会での研究発表にもとづいたものである。

(1)例えばJ・W・M・ヒックバーガーの五章やマシュー・ラルミアの論文「リアリズム」が、そうした主張で論文を展開しているので参照されたい。

(2)ジェイソン・ソリンジャーによると、放蕩者を描く際、少し前の時代の不道徳を象徴させる傾向にあるという (Solinger 274)。トロイが『はるか』出版時の一八七〇年代ではなく、改革前の少し古いタイプの上流階級出身の正規兵のイメージを背負わされているのもそのためかもしれない。

(3)ただし、マイケル・ハンチャーのように、ミレイの絵画と「緊急の私事」との関連を疑問視する研究者もいる。

(4)陸軍の否定的イメージを考慮に入れて読むと、三七章でバスシバの収穫物を襲う嵐が、夫となったトロイの所属していた陸軍の軍事演習に譬えられている点は示唆的である。

(5)連隊と女性たちの関係についてはマイナ・トラストラムの研究書に詳しく紹介されている。陸軍における結婚についてはその三章と四章を、駐屯地の風紀の問題についてはその七章を参照されたい。

(6)一一章にも「結婚は陸軍では嫌がられていた」というナレーションがある。

(7)二六章でトロイも訓練のことを「情けない単調な訓練」と言っている。

(8)スピアーズによると、クリミア戦争前、士官と下士官兵の双方の不品行で自由奔放な行動が新聞で盛んに描かれていたという (Spiers, *Army* 73)。

(9)アラン・スケリーの二四七ページに軍隊への人々の「敵意」の例が示されているので参照されたい。

(10)特に三節「陸軍のイメージ」と四節「入隊の動機」を参照されたい。

(11)特にトロイも所属していた騎兵隊が批判の対象となっていた。スピアーズによると、一八一五年から一八五四年にかけて、本土に残った軍隊の「腐敗」(Spiers, *Army* 72) が指摘されたというが、彼らは主に近衛連隊と騎兵隊であった。スピアーズは、騎兵隊が「血に飢えて暴れ回っている」(Spiers, *Army* 73) と批判されていた様子を記述している。

(12) デイヴィッド・フレンチの六章の後半部に中間管理職としての軍曹の姿が描かれているので参照されたい。フレンチによると、軍曹は上に信頼され、下に尊敬される必要があり、下の者に命令をきかせられないと、左遷される可能性があったという (French 174)。

(13) 二五章に「男たちには誠実だった」という描写がある。ちなみにここは、ウェセックス版では “moderately truthful” となっているが、草稿では “perfectly truthful” と表現されていた。

(14) この法令により、兵役の期間は一二年に短縮される。兵士は最初の六年間兵役に就き、残りの六年間を予備役人員として勤めることになった (Bond 332–33; Skelley 253; Spiers, *Army* 53; *Late Victorian* 9–10)。

(15) 後期ヴィクトリア朝におけるキリスト教的軍国主義についてはオリーヴ・アンダーソンを参照されたい。

(16) ただし、ピーター・バロウズによると、海外に遠征するのは主に歩兵隊であり、騎兵隊はほぼ国内に留まったというので (Burroughs 164)、ハーディはトロイを騎兵隊に所属させることで、こうしたヒーロー性を軽減しているのかもしれない。

(17) ステファニー・マルコヴィッツはその著書の二章三節でエリザベス・ギャスケルの『北と南』のヒロイン、マーガレット・ヘイルをその読み方で読解している。

(18) フレンチが、軍事パレードを巡る農業経営者やランドオーナーたちと軍の軋轢の例を挙げているので参照されたい (French 236–37)。

引用文献

Anderson, Olive. “The growth of Christian militarism in mid-Victorian Britain.” *English Historical Review* 86. 338

(1971): 46–72.

Bond, Brian. "Recruiting the Victorian Army 1870–92." *Victorian Studies* 5.4 (1962): 331–38.

Burroughs, Peter. "An Unreformed Army? 1815–1868." *The Oxford History of the British Army*. Ed. David G. Chandler and Ian Beckett. 1994; rpt. Oxford: Oxford UP, 2003. 161–86.

French, David. *Military Identities: The Regimental System, the British Army, and the British People, c.1870–2000.* Oxford: Oxford UP, 2005.

Frost, Ginger S. *Victorian Childhoods*. Westport, Connecticut: Praeger, 2009.

Gaskell, Elizabeth. *North and South*. 1854–55. Ed. Angus Easson. Oxford: Oxford UP, 2008.

Hancher, Michael. "'Urgent private affairs': Millais's 'Peace concluded, 1856.'" *The Burlington Magazine* 133.1061 (1991): 499–506.

Hichberger, J. W. M. *Images of the Army: The Military in British Art, 1815–1914*. Manchester: Manchester UP, 1988.

Hopkinson, David. "Education, Secondary." *Victorian Britain: An Encyclopedia*. Ed. Sally Mitchell. New York: Garland Publishing, 1988. 245–47.

Lalumia, Matthew. "Lady Elizabeth Thompson Butler in the 1870s." *Woman's Art Journal* 4.1 (1983): 9–14.

——. "Realism and Anti-Aristocratic Sentiment in Victorian Depictions of the Crimean War." *Victorian Studies* 24.1 (1983): 25–51.

——. *Realism and Politics in Victorian Art of the Crimean War*. Ann Arbor, Michigan: UMI Research Press, 1984.

Markovits, Stefanie. *The Crimean War in the British Imagination*. 2009; rpt. Cambridge: Cambridge UP, 2012.

Morgan, Rosemarie. *Cancelled Words: Rediscovering Thomas Hardy*. London: Routledge, 1992.

Myerly, Scott Hughes. *British Military Spectacle: From the Napoleonic Wars through the Crimea*. Cambridge, Massachusetts: Harvard UP, 1996.

Peck, John. *War, the Army and Victorian Literature*. Basingstoke: Macmillan, 1998.

Reed, John R. *The Army and Navy in Nineteenth-Century British Literature*. New York: AMS Press, 2011.

Sasaki, Toru. "*Far from the Madding Crowd*." *Oxford Reader's Companion to Hardy*. Ed. Norman Page. Oxford: Oxford UP, 2000. 120–27.

Short, Clarice. "Thomas Hardy and the Military Man." *Nineteenth-Century Fiction* 4.2 (1949): 129–35.

Skelley, Alan Ramsay. *The Victorian Army at Home: The Recruitment and Terms and Conditions of the British Regular, 1859–1899*. London: Croom Helm, 1977.

Solinger, Jason. "Jane Austen and the Gentrification of Commerce." *Novel: A Forum on Fiction* 38.2/3 (2005): 272–90.

Spiers, Edward M. *The Army and Society 1815–1914*. London: Longman, 1980.

——. *The Late Victorian Army 1868–1902*. Manchester: Manchester UP, 1992.

——. "The Late Victorian Army 1868–1914." *The Oxford History of the British Army*. Ed. David G. Chandler and Ian Beckett. 1994; rpt. Oxford: Oxford UP, 2003. 187–210.

Sumner, Rosemary. *Thomas Hardy: Psychological Novelist*. 1981; rpt. Basingstoke: Macmillan, 1986.

Trustram, Myna. *Women of the Regiment: Marriage and the Victorian Army*. 1984; rpt. Cambridge: Cambridge UP, 2008.

第五章　『はるか群衆を離れて』におけるゴシック性

――祝祭的グロテスクを中心に――

菅田　浩一

一

『はるか群衆を離れて』では古色蒼然とした建築物や農村共同体が描かれるなど、いかにも中世的な雰囲気を醸し出しており、それだけでも十分にゴシック的だが、物語全体を一枚のゴシック絵画として読むことができる。この絵画では、野放図に伸びる蔓草にゲイブリエル・オウク、バスシバ・エヴァディーン、ウィリアム・ボールドウッド、フランク・トロイ、ファニー・ロビン、ジョゼフ・プアグラスなどの村人、その他すべての登場人物に加えて、羊や鳥や蛙や蛇などの生物や神話の神々など、様々な生き物が絡み合い戯れている。さらに、画布の余白では、たとえば、オウクとバスシバが落雷と嵐の中、麦を守るべく奮闘する場面（三七章）が描かれ、自然のサブライム(natural sublime)が表現される。あるいは、失踪していたトロイがバスシバを取り戻しに来たと知ったボールドウッドが、奇妙な叫び声をあげ、トロイを射殺する場面（五三章）において、グロテスクが表現されるなど、サブライムあるいはグロテスクを表現した印象的な場面が数多く配され、すべての図柄が画面の中で渾然一体となり、一枚のゴシック絵画が完成する。以下、『はるか』におけるゴシック絵画、ゴシック美学の絵解きをするというのが本稿の目的である。

二

まず最初にゴシックを定義したい。元来ゴシックは中世ヨーロッパにおけるゴシック建築など、中世趣味を特徴としているが、小説の分野では第二版の副題に"A Gothic Story"と記したホラス・ウォルポールの『オトラント城』が先駆となる。この『オトラント城』において描かれるゴシック美学――後述する通り、サブライムとグロテスクを使ってタブーを描くという美学――は、イギリスでは『フランケンシュタイン』や『ヴァセック』といった古典ゴシック小説に継承され、一九世紀中頃から後半にかけてヴィクトリアン・ゴシックや都市のゴシック(Urban Gothic)に変容し、一九世紀末では『ジーキル博士とハイド氏』のように退廃的な雰囲気が濃厚となる。他方、海外ではフランス革命の虐殺や流血を描いたフランスのゴシックや、エドガー・アラン・ポーのアメリカン・ゴシックなどに拡散し、日本では泉鏡花や小泉八雲や江戸川乱歩を経て、桜庭一樹や村上春樹の『海辺のカフカ』などの現代作家や小説のほか、映画・美術・ファッション・音楽など、多分野にわたり現代のゴス文化に継承される。こうして時代やジャンルを超えて変容し拡散したゴシックという領域を一本の糸のように繋ぎ合せるものが、先に言及したサブライムとグロテスクを使ってタブーを描くという美学である。

そもそもサブライムとグロテスク双方は恐怖に関する美的感覚を表す概念としてゴシックの二大要素となっており、基本的な定義としては、前者が人間の理性やロジックでは説明し難い何か超越したものに対して使われ、後者はただおぞましく恐ろしいものに対して使われるというものである。たとえば、穏やかに降り積もる純白の雪に埋もれた死は恐怖よりも美しさを強調し、リンチにかけられた血まみれの死はおぞましく怖い。前者は読者に死についてじっくりと考えさせる効果があり、後者はもっぱら読者の死への恐怖心を掻き立てる。前者はサブライム、後者はグロテスクである。とはいえ、先述した通り、サブライムとグロテスク双方は恐怖に関する美的感覚にまつわる用語であり、サブライムを徹底的に追求すればグロテスクが仄かに見える瞬間があるはずで、その逆もありうる。ハーディの多くの作品は、サブライムとグロテスクという一般的に二項対立的な概念が渾然一体となっている点で優れており、『はるか』の場合、サブライムとグロテスクのどちらか一方に偏らず、双方がバランスよく使われており、テクスト全体としてまとまりのある端整な作品となっている。

いずれにせよ、ゴシックは時代を経て多様な意味づけのなされて来たサブライムとグロテスクという二つの概念を使って、性、死、狂気、暴力などのタブーを描き、怖いもの見たさという人間の好奇心を刺激するジャンルである（菅田　四三）。

さらに具体的に確認したい。そもそも、ゴシック小説の先駆である『オトラント城』の主な筋立てはキリスト教の創造神の大いなる意志 (Providence) が働いて城の権利が王位簒奪者の家系から正統な継承者に戻されるというものであり、この小説におけるサブライムは Providence、[1] グロテスクは大兜の下敷きになり肉片となった若者の死体や、大理石の彫像が三滴の鼻血を垂らすといった滑稽なグロテスクがあり、サブライムとグロテスク双方を使って読者の関心を引きながら、テクスト全体として新古典主義とリアリズムという一八世紀イギリス小説の美学に対する異議申し立てとなる。つまり、理性や合理性を重視する新古典主義に対して逸脱や誇張や奔放な想像力を好むゴシック、現実に起こる事柄を忠実に写し取るリアリズムに対して超自然を描くゴシックという図式になる。あるいは、『フランケンシュタイン』ではアルプス山脈や北極などの自然のサブライムと怪物の奇形というグロテスクが使われて、人間の手による生命創造というタブーが描かれる。

ハーディの場合、彼は一九世紀後半のイギリスにおいてキリスト教の神の概念が揺らいだ時代の作家であり、彼の作品では古典ゴシック小説においてあまねく世界を支配する Providence がそれほどの力を持たず、アイロニカルに使われる。

『はるか』では、たとえばJとEの文字の向きを書き間違えたプラグラスが、それでも自分の失敗がこの程度で済むのは "a happy Providence" のおかげだと神に感謝し（一五章）、ファニーの遺体を運ぶ途中、ジャン・コガンとマーク・クラークの二人から飲酒を勧められた時、「そんなことして神さま (Providence) が俺にご立腹なさらなければいいが」（四二章）と述べるなど、村人たちの語る Providence は『オトラント城』と異なり、大らかな笑いがある。また、オウクやバスシバがギリシア神話やローマ神話の神に喩えられるなど、キリスト教と異教がゆるやかに混在しており、古典ゴシック小説とは異質である。とはいえ、一方でオウクとバスシバが嵐の中、麦を守る場面（三七章）など、一八世紀の自然のサブライムがそのまま踏襲されている。

他方、グロテスクに関して言えば、『はるか』は人間を含むすべての生物が蔓草に絡まれ遊び戯れるゴシック絵画の体裁を採っており、これはミハイール・バフチーンの祝祭的グロテスク(carnival grotesque)の構図に似ている。『はるか』における祝祭的グロテスクはバフチーンのそれとまったく同じというわけではないが、プアグラスなど、滑稽かつ大らかな村人たちが登場し、『はるか』における祝祭的な笑いのイメージを形成するなど、バフチーンの祝祭的グロテスクを想起させる要素が多く見られるのである。

また、『はるか』は『オトラント城』や『フランケンシュタイン』ほど急進的ではないが、それでもやはり、タイトルにある通り、ロンドンの近代的なシステムの中であくせく働く都会人は"mad"であり、『はるか』の登場人物は「健全な生き方」（四八章）をしているという比較文化論的な視点において、異議申し立てとなる。たとえば、ハーディ作品の特徴の一つとして方言の使用があるが、『はるか』においても村人たちの会話の中で方言が多用されるなど、田舎人としてのアイデンティティが愛情をもって語られる。あるいは、羊毛刈りの場面（二二章）において、短期間で社会状況やライフスタイルが変化するロンドンやパリと違って、ウェザーベリーは四〇〇年もの間「不変」（二二章）であり、このような悠久の時間の流れの中で自らの肉体を使って働く刈り手たちに関して、語り手は「日々の糧によって、肉体を守り、肉体を救済することは、今もなお学習であり、宗教であり、願望となっている」(二二章)と述べる。「日々の糧」は大自然の中で自らの肉体を使い労働することで日々の糧を得ることを意味するので、この引用部において語り手は田舎で労働することの美徳を強調している。ハーディは田舎の出身でロンドンという都会への憧れを持ちながら、一方で都会を嫌い地方を愛する作家であり、こうした矛盾やねじれはハーディの持つ魅力の一つとなっているが、『はるか』においては自然と共生する地方が賛美される。

『はるか』では、あくまでも理想的牧歌的な農村を舞台に、ゆったりとした時間の流れの中で登場人物たちの人生が温かく寛容的に描かれる。牧歌的世界に関して言えば、「この世の中では、〈自然〉の堕落と人間の道徳的頽廃のこの最後の段階の中では、無垢の状態と、人と〈自然〉との完全な調和とを有していた〈黄金時代〉は、牧歌詩の形式の整った世界自体の中に芸術によってのみ回復可能である」と「ポープは考えた」(森松　四〇)という指摘がある通り、『はるか』において現実には存在しない牧歌的世界が描かれるということは、自然を軽んじ、人間が道徳的に頽廃した近代的な都会に対する異議申し立てである。だからこそ、『はるか』は理想郷として、大らかな祝祭を表現しなければならないのだ。

『はるか』では、ハーディなりの祝祭的グロテスクが基調をなし、それに自然のサブライムなど人間の精神性を高めるサブライムや、おぞましいグロテスクなどが加味されて、死や狂気のタブーが描かれる。人間は誰しも死の運命から逃れることはできないし、時にはボールドウッドのように狂気を患うこともあるが、それでも生命は尊い。『はるか』はハーディなりの生命讃歌をテーマとしたゴシック・テクストとして読めるのである。

三

『はるか』における祝祭的グロテスクを分析するために、バフチーンの祝祭的グロテスクを確認したい。

バフチーンは中世とルネッサンス期のヨーロッパにおけるカーニヴァルの精神を"grotesque"の語源に求める。そもそも"grotesque"は"grotto"(イタリア語で「洞窟」)の派生語であり、一五世紀末のイタリアでネロ皇帝の黄金宮殿(ドムス・アウレア)が発掘され、この地下遺跡が"grotto"と呼ばれたことに始まる。この遺跡には浴室や居間や大広間と思われる部屋があり、それらの壁には唐草模様の中に人間や動植物や空想上の生物をあしらった模様が描かれていた。これらの模様が"grotteschi"(グロッテスキ)と呼ばれ、英語の"grotesque"に転じたのであり、*O.E.D.* を参照しても、"grotesque"の第一の語義は、「装飾的な絵画や彫刻の類、人間の形や動物の形が部分的に表現され、それらが葉や花と奇怪に絡み合い一体となったもの」(*O.E.D.* 874)となっている。

バフチーンによれば、黄金宮殿で発見されたこれらの意匠は「装飾的遊戯」、「芸術的空想の並はずれた自由と軽やかさ」、「ほとんど笑っているような、陽気な気ままな自由」を表現しており、この意匠の戯れは始まりも終りも無い。一つの形から別の形への変化は留まるところが無く、「あたかもお互いに生み合うかのよう」に絡み合い、すぐれて豊穣である（バフチーン　三四―三五）。さらに、バフチーンはこうした特質は中世とルネッサンス期のカーニヴァルの精神に合致すると分析する。中世とルネッサンス期のカーニヴァルでは、階級や職業や年齢などの違いを超えて、すべての人が笑い遊ぶので「全民衆的」であり、人々は祝祭において「全体性、自由、平等、豊饒のユートピア国に一時的に入る」（バフチーン　一四―一五）。バフチーンは、この民衆的な「笑いの文化」の持つイメージの体系を、「グロテスク・リアリズム」と名づける（バフチーン　二四）。

グロテスク・リアリズムの主な特質は「格下げ・下落」であり、「高位のもの、精神的、理想的、抽象的なものをすべて物質的・肉体的次元へと移行させること」である（バフチーン　二五）。したがって、キリスト割礼祭（一月一日）などに行われる「愚者の祭り（Feast of Fools）」では、下級聖職者が司祭に扮して聖礼典を執行し、時祷の際には怪物じみた被り物を着け、あるいは女衒に扮して内陣で踊るなどして、見物人の失笑を誘った。また、糞便を積んだ馬車で街に繰り出し、民衆に投げつけたりした。

この「格下げ・下落」のイメージに関して、バフチーンは天つまり宇宙と、大地、いわゆる自然の大地という上下関係に着目する。また、グロテスク・リアリズムの根底には、「初めと終り、冬と春、死と誕生」という四季の循環があると論じる（バフチーン　二八）。空から降る雪は大地に積もり、春になると雪解けして大地に染み込み、動植物に命を与え、秋に落ちた葉は腐葉土となり、春には植物が芽吹き、生物が地面に顔を出す。大地は天から下落したすべてのものを吸い込み、新たな命を誕生させる。糞便は尻や大地という下の領域に属しており、中世とルネッサンス期のヨーロッパでは、「出生、豊饒、改新、富裕」（バフチーン　一三一）というイメージを持つ。聖職者階級と民衆は共に糞便にまみれることによって下の領域に入り込み、粗野であると同時に豊穣のイメージを共有する。グロテスク・リアリズムでは、演技者も観客もすべて等しく笑いの対象であり、特定の人物を貶めて笑い者にするという態度を採らない。すべての者が一体となり再生されるという、豊かな機能を持つのである（バフチーン　一三、一八）。

バフチーンはグロテスク・リアリズムの概念において、祝祭とグロテスク模様を直結させており、祝祭的グロテスクを論じている。したがって、『はるか』における祝祭的なグロテスク模様の構図を論じる本稿では、グロテスク・リアリズムではなく、主に祝祭的グロテスクという語を使用したい。なお、バフチーンの祝祭的グロテスクの底流には硬直した制度や構造を解体し自由で平等な世界の実現を目指したいというバフチーン自身の思想があるのに対して、『はるか』における祝祭的グロテスクにはそうした急進的政治的な思想は見られない。とはいえ、バフチーンの祝祭的グロテスクは四季の循環における死と再生、すべてのものが遊び戯れる遊戯性、豊穣のユートピアなど、『はるか』の作品世界を想起させる要素が多く認められ、『はるか』におけるゴシック性を論じる上で有効である。

四

バフチーンの祝祭的グロテスクは多様な生物が蔓草に絡み合うグロテスク模様がベースとなっており、『はるか』というテクスト全体の持つゴシック絵画のイメージもまた、その下絵として、野放図に伸びる蔓草をはじめ、多種多様な植物が描き込まれている。『はるか』はウェセックスの大自然を舞台にした小説で、モルトハウス（八章）や救貧院（四二章）などの建物が蔓草で覆われており、ブナ、シダ、ヤドリギ、樺の木、キノコ、苔、ヒナギク、スミレなどのありふれた花や植物のほか、ゴリンバナやヨーロッパアルムやバイモユリなど「より珍しい趣のある品種」（二二章）が紹介されており、さながら植物図鑑のごとく、数多くの花や植物が登場する。また「植物界 (the vegetable world)」という語句も二度（一八章、二二章）出て来るなど、植物界の豊穣性が強調される。

他方、一五〇〇年頃の詩人ピエトロ・ルジイ・ダ・フェルトレによれば、黄金宮殿に描き込まれたグロテスク模様の中には「森の精《ドリアード》の怪物、山羊足、葉模様と鳥のある帯状装飾《フリーズ》」（東野　二一〇）が描かれ、一六世紀中頃の記録によれば、イタリアの高級官吏の所有していた泉水用の大きな水槽には、黄金宮殿のグロテスク模様を模して「小さな支葉の絡み合う幾千もの植物模様」に「牛、馬、犬、蜂、豊穣の角《つの》」が描き込まれており（シャステル　二三）、これらの模様はすべて『はるか』と一致する。

具体的に言えば、『はるか』においては、植物の樹液の分泌が盛んになる季節に関して、「ドリュアスたちが目覚めつつあると思えるのは春のこの時期である」（一八章）と語られており、「ドリュアスたち」は「森の精《ドリアード》の怪物」と一致する。また、「山羊足」や「豊穣の角」は額に二本の角を生やし、下半身が山羊の牧羊神パンだと思われるが、フルートの名手で羊飼いのオウクは、フルートの原型である葦笛を発明した牧羊神パンに喩えられており（六章）、「鳥、牛、馬、犬、蜂」もまた『はるか』に登場する。このほか、オウクはギリシア神話の愛の神エロス（二〇章）やローマ神話においてフルートの発明者とされるミネルヴァ（八章）に喩えられ、バスシバはギリシア神話の文芸の女神の一人であるメルポメーネー（五四章）やローマ神話の天空神であるジュピターの妹（一二章）などに喩えられ、トロイとバスシバの結婚を知り一晩中戸外を彷徨うボールドウッドは、ギリシア神話における冥界の川アケロン周辺の亡霊に形容され（三四章）、動物の多産に関してローマ神話の出産の女神ルキナ（二章）への言及もなされる。

また、オウクという名前からして樫の木つまり植物であり、Everdene は「永遠に (ever) 樹木の茂れる深い谷 (dene)」、Poorgrass は「貧しき草」、Boldwood には「森 (wood)」という語が含まれ、節くれだった身体に白い頭髪とあご鬚を生やしたモルトハウスの老人は「まるで、葉の無いリンゴの木に灰色の苔や地衣が生えているかのようだった」（八章）と植物の比喩を使って語られる。他方、バスシバはカワセミ（三章）や薔薇の花（五七章）に喩えられ、ファニー・ロビンは姓が「Robin（ヨーロッパコマドリ）」であるなど、動植物の比喩が多用され、『はるか』の構図は黄金宮殿のグロテスク模様を描く。

さらに『はるか』におけるゴシックと植物界の関連を言えば、ゴシックの大聖堂にも言及しなければならない。ゴシックの大聖堂は、柱が樹木、柱頭の彫刻が樹葉の茂り、ステンドグラスから入る陽光が木漏れ陽を表現するなど、森の空間となっている。中世ヨーロッパにおいて、故郷を捨て都市に移住した農業従事者はもともと大自然に「神的なもの」（酒井　二六）を感じる人々であり、キリスト教から見て多神教の異教徒である。こうした人々が集うのに相応しい場所として創出されたのが森の空間を模したゴシックの大聖堂である。

『はるか』では大聖堂ではないが、ウェザーベリーの教会が一四世紀のゴシック建築として登場する（四六章）。この章でファニーへの贖罪として植えた花々が教会の樋嘴(gurgoyle)から流出した雨水によって台無しになったのを目撃したトロイは、ファニーと子供を死に追いやったそれまでの自分の生き方を反省し誠実な人間になろうとする自分の試みを「神(Providence)が嘲笑っている」（四六章）と思い、人知れず村を去る。樋嘴は建物内に水が入るのを防ぐという機能性を持つと同時に、「悪霊を外に吐き出す浄化（中略）と悪霊の侵入を阻む守護神」（酒井　五六）という宗教的な役割を持つ。先述した通り、ハーディの作品ではProvidenceは絶対的な力を持たないので、トロイの植えた花々を台無しにした雨水は、Providenceがトロイに与えた罰とも読めるし、たんに樋嘴の下に花を植えたトロイの失策のようにも取れる。他方、樋嘴は大聖堂という聖なる空間に棲みついた森の怪物であり、ゴシックの教会、森の空間、異教の怪物という語句は密接に関連し、『はるか』におけるグロテスク模様を連想させる。『はるか』におけるグロテスク模様には森の怪物ガーゴイルも絡まり戯れる。

五

とはいえ、先述した政治的思想の有無以外にも、『はるか』における祝祭的グロテスクがバフチーンの祝祭的グロテスクと必ずしも一致しない点がある。後者が「階層秩序・関係、特権、規範、禁止などの一時的破棄を祝うもの」（バフチーン 一六）であるのに対して、前者では職業や年齢等、日常生活における関係性が保持されており、後者において現実社会の関係性を破棄するための手段の一つとなっていた異装や仮面も登場しないのである。しかし、『はるか』では「どんな独断論も、どんな権威《い》のおしつけも、一方に偏した生真面目な厳粛ぶりも」（バフチーン 一〇）描かれない。(2) とくにオウクの人生の浮沈に見られるように、登場人物の社会的地位の上昇や下降が重要なテーマの一つとなる『はるか』のような小説では、雇用主と使用人の上下関係が重要だが、トロイが村にいることを知った使用人たちがボールドウッドのことを心より心配し何とかトラブルを回避しようと心を砕く場面（五三章）や、村人たちがオウクとバスシバの結婚を祝福する場面（五七章）などに見られるように、「階級差別は地域社会の強い連帯感によって克服されて」(Langbaum 79) いる。『はるか』において描かれるのは過酷な肉体労働を強いられ都会に搾取される農村ではなく、あくまでも理想化された牧歌的な農村である。『はるか』はバフチーンの理想とするような自由と平等の世界とは言えないが、それでもやはり、理想化された農村において、読者は「全体性、自由、平等、豊饒のユートピア国に一時的に入る」。そして、その底流には、人間もまた大自然の一部であり、すべて生ある者はいつかはその生を終える時が来るという静謐な諦念がある。

ファニーと赤ん坊の遺体を乗せた馬車を御するプアグラスは“the grim Leveller”（過酷にもすべてを平等にするもの）（四二章）、つまり「死」を思い、コガンは「あの娘のためにやれることは全部やった。（中略）もしあの娘が生きていたなら、俺は真っ先にあの娘を助けてやったよ。（中略）でも、あの娘は死んだ。俺たちがあくせくやっても、生き返ることはねえ。（中略）飲もうや、羊飼いさん。仲直りしようや。明日は我が身、あの娘と同じになるかもしれんからな」（四二章）と語る。実際、『はるか』において悪漢的な扱いを受けるトロイにしても、ファニーと赤ん坊と共に埋葬され、バスシバは彼らの墓を眺め、憐れみや悔恨など言葉にならない思いがこみ上げ涙を流す。『はるか』においては誰かを貶め責めるという視点は無く、すべての登場人物がそれぞれの人生を精一杯生きる者として平等に蔓草に絡み合い戯れる。

また、死が生あるものに等しく訪れるものであるならば、そこからの再生もまた指摘されねばならない。何よりバフチーンによれば黄金宮殿のグロテスク模様は「あかたもお互いに生み合うかのよう」な図像を描く。『はるか』においては、人間も動物も死はそこで終わりではなく、別の人物の精神的成長や動物の命の継承に直結している。

実際、ファニーと赤ん坊の死およびトロイの死はバスシバに大きな精神的打撃を与えるが、時間をかけて彼女は精神的身体的に癒され再生される。また、『はるか』では崖からの落下（五章）やシロツメクサを食べたこと（二一章）により、多数の羊が命を落とすが、一方で羊の出産（二章、一五章）もあり、生と死双方のイメージがテクスト全体に行き渡っている。中でも子羊が死んだ場合の処置の仕方が象徴的である。

女主人と男は子羊に「引き受け」させる作業を行っていた。それは牝羊が我が子を失った時、いつも行われるもので、別の母羊が出産した双子の羊の片方を身代わりとして与えるというものであった。ゲイブリエルはいつものように、死んだ子羊の皮を剥ぎ、その皮を生きている子羊の体に縛りつけようとしていた。一方、バスシバは四つの編み垣でできた小さな囲いを開けたままにした。母羊と身代わりとなった子羊はその中に追い込まれ、年長の羊が若い羊に対して愛情を抱くまで、二頭はそこに留まるのであった。（一八章）

この場面では死んだと思った羊が息を吹き返すわけではないので、厳密に言えば死と再生ではないが、それでも死んで終わりではなく、母羊が新たな子育てをして次の世代に命を継承するという体裁を採っており、「あたかもお互いに生み合うかのよう」なイメージがある。同様の例として、羊が死んだ場合、餌が不足した時の一時しのぎとして、自分の飼っている牧羊犬にその肉を食べさせる（五章）という行為もなされており、死は別の生命を繋ぎ、その死がまた別の生命を繋ぐという連続性が見られる。[3]

六

こうした生と死の連続性は、先述した通り、バフチーンの祝祭的グロテスクでは四季の循環と重なる。『はるか』の場合、秋の場面が少なく、あったとしても、本来なされているはずの麦の収穫など、いわゆる実りの秋を思わせる場面が描かれず、むしろ来るべき冬の死の世界を予感させるような出来事が語られる。したがって、物語の大きな流れとしては、冬の死、春の再生、夏の生命力、秋における死の前触れという自然のサイクルが登場人物の人生の浮沈とほぼ重なる。[4]

しかし、バフチーンの祝祭とかなり趣の異なるのが、オウクとバスシバの結婚である。バフチーンの祝祭的グロテスクに照らせば、二人の結婚は生命の再生となるうららかな春に、歴史ある教会と緑なす自然を背景に盛大に行われるはずが、実際は冬の「じめじめした不快な朝」（五七章）、霧雨の中を二人は教会へ向かい、ひっそりと結婚式を済ませた後、自宅に戻り、その夜、村人たちのささやかな楽器演奏の祝福を受ける。とはいえ、作品全体の統一感を考えるならば、近しい者たちの死を経て結ばれた二人に華々しい結婚は似つかわしくない。しかも、二人の結婚式が挙行された時、バスシバは夫トロイを射殺されてから一年以上経過しており、彼女はすでに「法律的に完全に未亡人となって」（五六章）いる。つまり、二人の結婚は法的に何ら問題は無い。また、二人の結婚式がクリスマスから数日後に挙行されたということは、キリスト教的にはキリストの降誕、異教的には翌日から昼の時間が長くなり春に向かう冬至の直後となっており、数々の試練を経て「確固たる愛情」（五六章）で結ばれた二人の結婚はやはり祝祭的である。『はるか』におけるグロテスク模様においては、生ある者も死にゆく者も平等に蔓草に絡まれ戯れており、結末もまた、ハーディらしい心温まる祝祭となっている。

七

ここまで『はるか』における祝祭的グロテスクを中心に論じたが、ここでサブライムの要素およびグロテスクに関する補足説明を行った後、本稿のまとめを行いたい。たとえば、丘から見る冬の星空が人間の魂を「まずは拡張する (having first expanded)」（二章）や、嵐の中、麦を守ろうとするオウクとバスシバの近くに落雷があった瞬間、オウクは「怒れる宇宙をすぐ間近にして、恋愛も人生も人間的なことすべてが卑小で取るに足りないことのように思えた」（三七章）と語られるなど、自然のサブライムが描き込まれている。元来、sublime はラテン語“*sublimis*”から来ており、“*sub*”とは“up to”、“*lim*”とは“lintel”（楣《まぐさ》、窓や戸口の上部に渡した横木）を意味し、これに“*is*”という接尾辞がついた語であり、“sublime”は「高く持ち上げる（elevate する）」という含意を持つ。また、イギリスの古典ゴシック作家アン・ラドクリフは、terror は「魂を拡張 (expand) し、人生の高みに向けてその能力を覚醒させる」(Radcliffe 149) と述べ、terror と sublime をほぼ同じ概念とみなす。つまり、古典的なサブライムは人間の魂を expand し、人間の精神を elevate する。先述の星空の場面では人間の魂が expand され、嵐の場面ではオウクは壮大な自然に対する畏怖の念で魂が満たされる。また、雷鳴を聞いたバスシバの "How terrible!"（三七章）という叫びは、ラドクリフの述べた terror にほかならない。

とはいえ、『はるか』における最大のサブライムはファニーの死である。夜の暗闇の中、救貧院まで辿り着こうと、弱った身体に鞭打って少しずつ前進するファニーが、やがて一歩も歩けなくなった時、彼女を助ける一頭の犬の登場する場面が次のように語られる。

> 夜は人知れず残酷だが、一方で悲しく厳かで、慈悲深くもある。この姿［犬］は、夜の持つ後者の性質が具現化されたものであった。暗闇は人類の中でも小さくありふれた者たちに詩的な力を与えるものであり、苦しむ女性でさえ自らの思いを姿形にすることができた。（四〇章）

この場面は前後の描写を含め『はるか』において際立って幻想的な趣があり、静謐な筆使いによってファニーの人間性が高められる。先述した通り、犬は実在しており、実際にファニーを救貧院まで運ぶが、夜の暗闇から音も無く現われたこの犬は、実は詩人の能力を賦与されたファニーが自らの思いを実体化したのではないか、つまり現実的な領域を立ち離れて超自然的な現象が起きたのではないかと、読者に思わせるような書き振りとなっている。ファニーは「人類の中でも小さくありふれた存在」だが、一途で純粋なファニーは詩人のイメージにまでelevateされており、彼女と赤ん坊の死はバスシバという一人の女性の魂をexpandすると共に、バスシバをより高い精神性を持つ人間へとelevateするほどの力を持つのである。

このほか、『はるか』ではボールドウッドが狂気の家系であると仄めかされ（三五章）、ゴシックらしい血の運命が語られる。また、ボールドウッドは冷静沈着な紳士だと思われていたのが、実はバスシバとの結婚に固執する余り、高価なドレスや宝石類をひそかに買い集め、それらを一つ一つ丁寧に紙で包装し、それらの包装に「バスシバ・ボールドウッド」と記したラベルを貼っていた（五五章）など、人格的に落差が大きく、滑稽であると同時に怖さを感じさせる。したがってボールドウッドは、「唐突な差異や不調和が歪んだイメージと結びついた時、喜劇的グロテスク（comic grotesque）が生じる」（Cornwell 273）と述べたニール・コーンウェルのグロテスク論に該当し、『はるか』において最もゴシック的な人物である。

さらに、ファニーと赤ん坊の遺体を見た翌朝、屋根裏部屋に篭るバスシバがリディに命じて持って来させる書物の中にエドワード・ヤングの『夜想』がある（四四章）。逍遥派詩人（excursion poets）の一人であるエドワード・ヤングは『夜想』において壮大な自然の魅力を謳っており、バスシバは実際の風景のみならず、読書を通して自然のサブライムを知っている。(5)『はるか』では中世的な建築物や農村共同体や血の運命など、多様なゴシック的要素が見られる。

また、本作品はハーディなりの祝祭的グロテスクに、自然のサブライムや喜劇的グロテスクなどが渾然一体となって描き込まれており、全体として端正なゴシック・テクスト となっている。

注

（1）基本的にサブライムは何か超越的なものに対して使われる用語であり、Providence はサブライムそのものである。実際、『はるか』では、ヴァレンタインの聖書占いで旧約聖書の『ルツ記』を開いたバスシバが“the sublime words”（一三章）を目にしたと言及される。聖書は Providence を知るために読まれるものであり、Providence がサブライムであることの一つの証拠となっている。

（2）『はるか』における権威としては、トロイ射殺に関する巡回裁判が印象的だが、ボールドウッドに同情的な人々による嘆願書および彼の殺人は狂気が原因であるという証拠の品々が提出され、結果的に彼は死刑を免れる。これは、たとえばウィリアム・ゴドウィンの古典ゴシック小説『ケイレブ・ウィリアムズ』においてて主人フォークランドの金品窃盗という無実の罪を着せられたケイレブが、フォークランドの異父兄フォリスターが裁判長と判事を兼ねるという不条理裁判において有罪とされ投獄されたことを考えると、正当な裁きがなされたと思われる。

（3）羊や牛馬が何度も登場する『はるか』において、家畜の糞便は注意深く描写が避けられているが、それらの家畜が登場する以上、生命の肥やしとなる糞便というものがテクストに埋め込まれていることは自明である。『はるか』は糞便という隠された部分においてもまた、生命の連続性を指摘したバフチーンのグロテスク・リアリズムと共通項がある。

（4）作品の冒頭近くでオウクが二〇〇頭の羊の転落死により一介の羊飼いとなるのが一二月（一章―五章）で、翌年二月には、降りしきる雪の中、トロイに会いに行ったファニーが冷たい仕打ちを受ける場面（一一章）において、彼女の不幸な死が暗示される。さらにバスシバがボールドウッドにヴァレンタイン・カードを送りその後の悲劇の種を蒔いたのが同年同月、つまり冬である（一三章）。その後、同年、五月の羊洗い（一九章）および六月の羊毛刈り（二二章）では生命の躍動が初夏の風景と重ねられ、盛夏の八月、オウクとバスシバが麦わらを守る姿を通して逞しい人間の生命力が描かれる。やがて同年一〇月においてファニーと赤ん坊が亡くなりテクストのトーンが一気に冬の死の季節へと移行し（四〇章―四一章）、晩秋・冬・春を経て、九月には失踪していたトロイが舞い戻り（五〇章）、その年のクリスマス・イヴにボールドウッドがトロイを射殺し（五三章）テクストは再び死の世界となる。その後、翌年三月にボールドウッドの死刑が回避され（五五章）、テクストは再生の春に向かう。裁判の結果を聞いたバスシバはゆっくりと極度の衰弱状態から回復し（五六章）、夏には戸外で過ごすようになり（五六章）、同年八月、ファニーとトロイの墓参をしたバスシバは、讃美歌を耳にして堰を切ったように涙を流し、同年のクリスマスから数日後、オウクとバスシバが結婚し物語の幕を閉じる（五七章）。

（5）『夜想』における次のような一節では、まさに自然のサブライムが謳われる。

Seas, rivers, mountains, forests, desarts, rocks,
The promontory's height, the depth profound
Of subterranean, excavated grots,
Black brow'd and vaulted high, and yawning wide
From nature's structure, or the scoop of time; .... (*The Complaint; or, Night Thoughts*, IX, ll. 905–09)

海、川、山、森、砂漠、岩山、

切り立つ岬、地中深く穿たれし洞窟
陰鬱な眉、高き円蓋、大きく開いた口、
大自然の造化、時間の柄杓ゆえ。（『夜想』第九夜、Ⅱ、九〇五―〇九）

引用文献

Cornwell, Neil. "The Grotesque." *The Handbook to Gothic Literature*. Ed. Marie Mulvey-Roberts. London: Macmillan, 1998. 273.

"Grotesque." *The Oxford English Dictionary*. 2nd. 1989.

Langbaum, Robert. *Thomas Hardy in Our Time*. London: Macmillan, 1997.

Radcliffe, Ann Ward. "On the Supernatural in Poetry. By the Late Mrs. Radcliffe." *The New Monthly Magazine and Literary Journal* Jan. 1826: 145–52.

Young, Edward. *The Complaint; or, Night Thoughts*. 1742–45. *The Poetical Works of Edward Young*. Ed. The Rev. J. Mitford. Vol.1. London: n.p., n.d.

アンドレ・シャステル『グロテスクの系譜』、永澤峻訳、東京、筑摩書房、二〇〇四年。

『ギリシア・ローマ神話図詳事典』、水之江有一編著、東京、北星堂書店、一九九四年。

ミハイール・バフチーン『フランソワ・ラブレーの作品と中世・ルネッサンスの民衆文化』、川端香男里訳、東京、せりか書房、一九七三年。

森松健介「牧歌から自然詩へ」、『英国十八世紀の詩人と文化』、中央大学人文科学研究所編、東京、中央大学出版部、一九八八年、二五―八六。

酒井健『ゴシックとは何か――大聖堂の精神史』、東京、講談社現代新書、二〇〇〇年。

菅田浩一「ゴシック小説とsublime」、『英米文学』、第五〇巻第二号、西宮、関西学院大学英米文学会、二〇〇六年、四三—五六。
東野芳明『グロッタの画家』、東京、美術出版社、一九六八年。

第六章　ヴィクトリア朝の家族観から読み解く　オウクとバスシバの結婚について

杉村　醇子

一

トマス・ハーディの『はるか群衆を離れて』は、バスシバ・エヴァディーンとゲイブリエル・オウクが結婚することで幕を閉じる。最終部のこの結婚と両者の関係について、これまで主として二つの解釈がなされてきた。

一つは、オウクとバスシバが共に人生を歩みだす結末を好意的に見る解釈である。例えばスーザン・ビーゲルは、人生を肯定する力強いセクシュアリティをオウクに見出し(1)「ゲイブリエルは真のヒーローであり、バスシバとの結婚は、この小説の充分に幸せな結末である」と考える(Beegel 225)。またエレン・ルー・スプレッヒマンも、ハーディ研究の先達アルバート・ゲイラードの見解を引用しつつ、バスシバの変化に言及し、次のようにこの作品を総括する。

バスシバはオウクとともに「男女間の愛情に伴うことはほとんどない、良き友愛であるカマラデリイ」を身につけ、オウクとの関係において、彼女は対等な立場を保持するようになる。（中略）アルバート・ゲイラードが「成熟したバスシバは危機的な時はオウクに依存しなければならないかもしれない。しかしバスシバは真に勇気ある人物である。というのも、彼女は責任と困難で変容を遂げた人物であるからだ」と語るように、変化はバスシバに力強さと不屈の精神を与えた。『はるか群衆を離れて』はハーディの最初の主要作品であり、主要作の中で、幸福に幕を閉じる唯一の作品である。(Sprechman 38–39)

このように最終場面を幸福な結末とみなす解釈(2)の一方、主としてフェミニズム批評の立場をとる批評家たちは、オウクとバスシバの結婚および二人の関係に対して、否定的な見解を示してきた。例えばペニー・ブーメラは、『はるか』はバスシバの教化の物語ではないと、先述したゲイラードやスプレッヒマンと異なる見解を示す。そして「飼いならし」のイメージがバスシバには絶えずつきまとい、この小説を意思を持つ才気煥発な女性が、付き従う女性に変化する物語と見なす (Boumelha 33)。またローズマリー・モーガンも、自立を維持し自らの才能を発揮しようとするバスシバはオウクによって征服され、作中には「服従の欺瞞に満ちた形態」が広く浸透していると、オウクとバスシバの関係に潜む権力構造を看破する (Morgan 44)。

このように、結末のオウクとバスシバの結婚、またそれに至る二人の関係は、今日に至るまで対照的に読み解かれてきたが、筆者はブーメラらの見解を支持する。しかしハッピーエンドではなく、バスシバはオウクに屈服し、最終的に結婚という制度に囲い込まれる結末と見なす解釈は、これまで彼女の変化に焦点を当てて論じられる傾向があったように思われる。確かに、思いがけない遺産相続と積極的な農場経営、ウィリアム・ボールドウッドとの混沌とした関係、フランク・トロイとの結婚の失敗とその後の主体性を失った生き方など、バスシバの人生は登場人物の中で最も起伏に富み、劇的に変化する人物と言って良い。しかしジェフリー・ハービィーが指摘するように (Harvey 64)、「中庸な男」オウクもバスシバと比べ程度は穏やかではあるものの、作品を通して変容を遂げ、筆者はこのオウクの変化もまた、二人の結婚の成立に寄与すると考える。

そのため、本論文では、初めにオウクはどのような変化を遂げるのか、彼の性的欲望と経済感覚という二つの側面から考えてみたい。その後、ヴィクトリア朝の家族観において、夫となる男性に求められた要件を考察する。そして最終的にオウク自身がヴィクトリア朝の夫にふさわしい特質を獲得するという変化もまた、ヒロインを結婚制度に囲い込むエンディングの一助となることを明らかにしたい。

二

初めにオウクの性的欲望について考えてみたい。ブーメラやモーガン、ジョン・ヒューズなど多くの批評家が指摘するように (Boumelha 34–36, Morgan 35–37, Hughes 247)、バスシバと出会った際、オウクは「のぞき見」の形で彼女を見つめる。[3] 生垣越しに「観察の場所」(三章) から、オウクはバスシバが鏡を手に持ち微笑する姿を目撃するが、この時点ではバスシバに対し「うぬぼれているね」(一章) と口にするように、距離をもった印象を抱く。しかしその後オウクの感情は変化し、強くバスシバに惹かれていく。その契機となったのはバスシバの奔放な馬乗りの姿であった。「まったく女とは思われないような座り方」(三章) をするバスシバはヴィクトリア朝の女性の行動規範から逸脱しているが、彼女の姿にオウクは夢中になり、これをきっかけに性的欲望を感じるようになる。例えばこの馬乗りを目撃した直後、オウクは乳しぼりをするバスシバの姿に目をとめるが、語り手はその時の彼の心情を次のように描写する。

やがて彼女は片手に桶を持って、腕にかかげながらやってきた。左腕は釣り合いをとるために伸ばしていた。そのかなりの部分がむき出しになっていたので、オウクは「この出来事が夏に起こったらよかったのに」と思った。夏ならそっくり全部がむき出しになったにちがいないからだ。(三章)

オウクは農作業にいそしむバスシバを目にして「長い間、彼女の身体の均整にみとれていた」(三章) が、この時点では両者はお互いに言葉を親しく交わしておらず、オウクは純粋にバスシバの容姿に惹きつけられていたことがわかる。また語り手が「彼がその方面に感じていた隠れた熱情を、活気にまで燃え立たせた出来事でもあった」（三章）とオウクの性的欲望の覚醒を示唆するように、この日を境にして、オウクはバスシバに魅了される。その思いの激しさは「この器量の良い美しい娘は、すぐに若い牧場主オウクの心の中へ、目に見えて食い込んできた」（四章）と表現され、最終的に彼は「何がなんでもあの女を妻にして見せるぞ！　それでなければ、俺は何の価値もない人間だ！」（四章）と決意するに至る。

　さらにオウクのバスシバに寄せる想いが、ジョン・ミルトンの『失楽園』を引き合いに出して、言及されていることに注目したい。バスシバと初めて出会った日から数日後、オウクはバスシバがいる小屋の裏手にやって来て、その屋根の隙間から、ふたたび彼女を見つめる。

　　女の一方はもう中年を超えている。もう片方はまだ若く優美なようだったが、彼はその容貌について、はっきりとした判定は下せなかった。というのも、彼女の位置は彼の目のほとんど真下にあり、オウクはミルトンの失楽園で悪魔が初めてエデンの園を垣間見たように、鳥瞰図として彼女を見下ろす格好になったからだ。（三章）

先に述べたように多くの批評家が、この一節をオウクによるバスシバの「のぞき見」の箇所として言及する。しかしここで語り手がオウクを『失楽園』のサタンになぞらえていることもまた重要である。ジュディス・ブライアント・ヴィッテンベルクが「英文学で最も性的に破壊的なのぞき魔」

を引き合いにだすことで、オウクの性的欲望が暗示されていると語るように (Wittenberg 28)、ここからもオウクの肉体的な願望を感じることができる。このようにバスシバに求婚するまでは、オウクは充分な性的欲望を持つ男性として描かれており、彼のバスシバを求める感情は容易に認められる。しかしその後、オウクのこの欲望は変化する。

バスシバがオウクの求婚を拒絶した後は、ボールドウッドが強い恋愛感情を彼女に対して抱くようになる。これと時を同じくして、オウクのバスシバへの性的欲望は減衰するが、その一方、彼は同性愛的な関係を想起させるほど、ボールドウッドの精神状態を心配するようになる。そもそもオウクは農作業の合間に同僚男性のジャン・コガンの家に長期間寄宿するなど、彼の男性に示す親密さは興味深いが、ボールドウッドを心配するオウクの思いが強まるにつれて、彼の性的欲望は減衰してゆく。例えばバスシバがトロイと共にバースに滞在したことを知った時のオウクの姿は、「ゲイブリエルは生き生きとした素振りを見せなかった。しかし、そうかといって、特別に落ちこんだ様子でもなかった」（三三章）と語られる。もちろんすぐに、傍にいたコガンがオウクの心情を推し量り、なぐさめの言葉をかけていることからも、オウクはバスシバとトロイの関係に無関心というわけではない。しかしここで強調したいのは、オウクのバスシバに対する性的欲望と彼女に対する情熱が段階的に減少することである。

興味深いことに、この小説ではバスシバに対して熱情を抱くボールドウッド、トロイに幻惑されるバスシバなど、登場人物の急激な感情の変化が詳細に示される一方、バスシバへの求婚が拒絶されて以降、オウクの内面は読者に明らかにされない。「ギルデンスターンのよう」(三二章)に変化したオウクの心象風景、とりわけバスシバによせる想いは、不自然なほどテキストで言及されず、空白もしくは不明瞭になっていることが多い。例えば、口論をしたバスシバに反論するオウクの姿は「口の中であいまいな言葉をこっそり言って、馬を走らせていった」(三一章)と描写され、この時の彼の心持ちは読者に明確に示されない。同様のことは、この小説のクライマックスの一つである暴風雨からオウクが穀類を守った場面からも指摘できる。無事、その年の収穫物を守り終えて安堵したためか、バスシバはトロイとの関係を初めて詳細にオウクに語る。しかし「ゲイブリルは返事をしなかった」(三七章)とあるように、それに対するオウクの見解は一切示されない。さらにトロイが殺害された後、バスシバはオウクとの結婚を「ばかげている」と評し、あわてて自らの発言を取り消すが、この言葉を耳にしたオウクの様子は次のように描かれる。

　ゲイブリエルは彼女の顔を長い間見つめていた。しかし炉の光は弱かったので、彼の表情ははっきり見えなかった。(五六章)

このようにオウクの内面が読者に明らかにされる機会が減るにつれて、バスシバへの求婚前に明確に見られたオウクの性的欲望も、次第に作中に表出されることが無くなる。そしてついには、オウクが保護者に類する立場をとるようになることは重要である。トロイに夢中になるバスシバに対して、オウクはあたかも父親であるかのように、彼女に助言を行う。

「私はあなたに、あの男との関係を絶つよう懇願せざるを得ません。今回は私の願いを聞いてください。今度だけは！　あの男は私が思うほどひどい男とは言いません。むしろそんな悪い男でなければばと祈るばかりです」。（二九章）

先に述べたように農作業に励むバスシバをオウクはかつて性的欲望を持って見つめたが、作品が進行するにつれてその感情は変化する。そして最終的に、語り手が「ゲイブリエルはまるで母親のようにやさしく声をかけた」（三七章）と評する彼の姿に、明らかな肉体的情熱を認めることはできない。

リンダ・M・シャイアーズは、オウクはきわめて性的な男性像と去勢された男性像の両面を持つと鋭く指摘するが（Shires 176）、本節では後者の性的欲望を欠く側面は、バスシバに求婚を拒絶されて以降、顕著になることを確認してきた。当初、オウクはバスシバに対して充分な性的欲望を感じていたが、やがて肉体的欲望は減衰し、最後には友愛と呼ばれる愛情に変化するのである。

三

続けてオウクの経済感覚の変化について考えてみたい。彼が作品に初めて登場した際、すでに人々から牧場主と呼ばれる立場にあったが、「羊飼いの悲劇」と題された五章で、所有する羊が大量に死ぬ事件が発生する。この事件は大きな経済的打撃をオウクに与える。

しかしこの出来事の別の側面が心に浮かんできた。羊に保険をかけていなかったのである。必死になって倹約したすべてのたくわえが消え去ったのである。独立した農場経営者になるという彼の願いは崩れさった。ひょっとすると永久に崩れさったのかもしれないのだ。（五章）

羊にあらかじめ保険をかけることで防げた損失であるが、若きオウクはこの時点では、保険に要する費用とそれによる補填の価値を認識できる経済感覚を持ち合わせていなかった。しかし、この悲劇の後、オウクの経済感覚は順調に発達する。

バスシバの元で、オウクは優れた農業技術を活かして働くが、その日々の中で着実に農場経営者としての才覚を磨いていく。バスシバとトロイが催した祝宴の晩、トロイがふるまった強いアルコール飲料のため、オウクを除く農場労働者は酔いつぶれてしまう。しかし、折しも暴風雨がバスシバの農場を襲い、収穫後の穀物が危険にさらされる。この危機に際し、羊に保険をかけておくという当然の処置を施さなかった未熟な経営手腕の持ち主であったオウクが、瞬時に収穫物の市場価値の計算を行い、その保護に乗り出すことに注目したい。

オウクは穀物の束の積み場に戻った。あたりは静寂につつまれ、麦山の円錐形の先端だけが、夜空にむかって黒々と突き出ていた。ここには、五つの小麦の山と三つの大麦の山があった。小麦は脱穀されるとひと山平均三〇クォーターぐらいになり、大麦の方は、少なくとも四〇クォーターにはなるはずだった。バスシバにとって、いや誰にとっても同じではあるが、その価値について、オウクは次のような簡単な計算で見積もってみた。

五×三〇＝一五〇クォーター＝五〇〇〇ポンド
三×四〇＝一二〇クォーター＝二五〇〇ポンド
合計七五〇〇ポンド　（三六章）

夜空に雷雲が広がり、収穫物が危機にさらされる状況を目にしたオウクの胸中は、このように実際の数値を挙げながら描かれる。この瞬時の計算から、穀類の山を暴風雨から守るという行動はバスシバへの思慕の念からだけではなく、オウクが新たに身につけた「利益に対する鋭敏さ」にも由来することが読み取れる。

さらにオウクの発達した経済感覚は、ボールドウッドが所有する穀類が暴風雨のために無価値になったことを知った時の反応からも明らかにすることができる。疲労の限界に達するまでバスシバの農場の収穫物を守ったオウクはボールドウッドに対して、彼が所有する麦わらも、無事暴風雨から守られたかどうかを尋ねる。段階的にボールドウッドに穀類の状況を問いただすオウクの姿を考察するため、少し長くなるが引用したい。


「もちろんお宅の収穫物は大丈夫でしょうね？」

「ああ大丈夫だよ」しばらくの沈黙の後、ボールドウッドはオウクに問い返した。

「オウクさん、今、何を尋ねられました？」

「お宅の麦山にはとっくの前に雨除けをつけられていたのでしょうね？」

「いいや」

「ともかく、石の積み置き台の大きな分は大丈夫ですよね？」

「いやいや」

「生垣の下のは？」

「あれもダメだ、屋根ふき屋にちゃんとしておくよう言うのを忘れてな」

「踏越段の近くの小さいのは？」

「あれもだめだ。今年は麦山をちゃんとみていなかったから」

「それじゃ、なんですね、旦那様、お宅の小麦の一〇分の一はまったく売り物にはなりませんね」

「まあそうだろうな」

「ちゃんと見ていないだなんて」とオウクはゆっくり独り言を言った。このような時に、その言葉がオウクの心にどれほど強烈な劇的効果を及ぼしたか、言い表すことは難しい。（三八章）

オウクは自身の所有物でないにも拘らず、ボールドウッドが経営する農場の収穫物の所在を詳細に把握し、それらが適切に保護されたかどうかを彼に尋ねる。そしてボールドウッドからの段階的な返答により、オウクは被った経済的損失の深刻度を徐々に認識する。そして最終的に、ボールドウッドの一部の穀類が無価値になったことを知り、その事実に大きなショックをうける。語り手が「強烈な劇的効果」と評するほどの感情をオウクが抱き、事態の深刻度に衝撃をうけるその姿からも、彼の経済感覚が発達し、農場経営の才覚を持つようになったことがうかがえよう。

四

この節では、オウクとバスシバが生きた時代の結婚制度において、結婚する男性に求められた要件について考察したい。ヴィクトリア朝の結婚において妻となる女性に様々な資質が求められたことは広く知られている。しかし同時に女性に対する要求ほど厳しくはなかったものの、夫となる男性にも、道徳的に、また経済的に果たすべき役割があった。初めに夫となる男性に道徳的に求められた条件について考えてみたい。

　ジュディス・ニュートンが「一七世紀のリベラリズムは公的には女性を家庭の領域に閉じ込め(中略)、市民という領域から女性を締め出した。しかしその一方で、女性の合理性を直接的に否定しなかった」と語るように(Newton 7)、ヴィクトリア朝に先立つ一七世紀においては、性差に基づく社会的役割や道徳観は比較的、緩やかなものであった。さらに一八一一年から一八二〇年の「摂政時代」においても、国を統治したジョージ四世自身が放蕩な生活を送るなど性に関する道徳はゆるく、男女の関係も大らかであった。しかし、夫アルバートと共に良き家庭の体現者であろうとしたヴィクトリアが、ウィリアム四世の後を継ぎ一八三七年に即位すると、性道徳は厳しいものになった。もちろんヴィクトリア朝で売春は盛んに行われていたが、表向きは婚外の性行為は決して「リスペクタブル」なものではなかった。

　このヴィクトリア朝の性道徳の厳格化に関して、ベン・ウィルソンが指摘するように、特に中産階級において、その締め付けが厳しくなったことに注目したい(Wilson 323)。当時、福音主義が隆盛を極めたが、とりわけミドルクラスの人々はこの考えを積極的に受け入れた。レオノア・デヴィッドフとキャサリン・ホールは、中産階級の人々が福音主義を歓迎した背景には、厳しい道徳観を持ち、それを実践することにより、上流階級を精神的に超越したいという新興階級としての意図があったと指摘するが(Davidoff and Hall 30)、その結果、この階級における性道徳は他の階級と比較して、厳しいものになった。さらに特筆すべきは福音主義が浸透した結果、女性だけでなく男性にも「性的な慎ましさ」が求められるようになったことである。上流階級の男性が性的に放埓に振舞うことは認められていた一方、ミドルクラスの男性には、性的な自己抑制が求められたのである。

この点について、デヴィッドフとホールは、一八六八年に出版され広く人々に読まれた牧師T・バイニーの著書から「真の男らしさは性的な冒険により獲得されるのではない。それは若い男性にとって強固な人生の防護壁となる宗教的な献身によって獲得される」との一節を引用し、若い男性には、信仰心と性的な慎ましさが求められたことを明らかにする(Davidoff and Hall 401)。またこの二人の研究者は、一九世紀という百年間の中でも、当初は性的不品行に対して比較的寛容であった社会が徐々に厳格になり、男女両方に対して婚外の性的関係をいましめる説教が教会で盛んになされるようになった事例を紹介する。そして「女性の性的欲望は無視され、その一方で、男性の性的欲望も抑えられ隠された」と語り、男性に対する性的抑圧を指摘している(Davidoff and Hall 402)。『はるか』において、そもそもバスシバ以外の女性に対するオウクの性的なまなざしは一切描かれていない。この事実に加えて、先に示した性的情熱の減衰とそれに伴うオウクの穏やかなセクシュアリティはヴィクトリア朝社会が理想とした結婚の成立に寄与すると言えるだろう。

さらにヴィクトリア朝の家庭において、家長となる男性の経済的な判断力は不可欠であった。スーザン・キングスリー・ケントは一八世紀の社会変化に伴い生まれた「男女の分離領域 (separate spheres)」という概念が、その後一九世紀に入りイギリスの様々な分野に影響を与えていたと指摘し (Kent 154)、さらにリディア・マードックもこの概念が、あらゆる階層の人々に受け入れられていた事実を明らかにする。

> ヴィクトリア朝の初期または中期に至るまでに、作家、芸術家、政治家、宗教家、科学者といった人々だけでなく、社会の様々な階層の男女もまた、ビジネス・商業・政治・帝国主義・戦争といった「男性の領域に属するもの」と、家庭・家族・道徳・精神的な導きといった「女性の領域に属するもの」を明確に区別した。(Murdoch xxiv)

このように「男女の分離領域」の概念が広まった結果、ヴィクトリア朝の家庭で女性と男性がそれぞれ果たすべき役割には、明確な違いが存在した。妻たる女性が家庭内で果たすべき役割は「家庭の天使」として、夫や子どもたちの世話を献身的に行うことであった。一方、夫たる男性にはクラウディア・ネルソンが明らかにするように何よりも家族の「金銭的支柱」となることが求められ (Nelson 30)、経済力と堅実な経済観念の保持が要求された。

さらに男性に求められた金銭にまつわる能力に関して、興味深いことに、デヴィッドフとホールはこの時代、農業の分野で会計能力が求められるようになったことを指摘する。

この時代を通して、農業を含む、あらゆるビジネスの現場でより正確な会計処理を行うことが奨励された。印刷された出納簿だけでなく、肥料や飼料の量を決めるために、それぞれの畑の生産高が計測され、それを記入するための記録簿が生み出された。このようなやり方を農業に導入することは、農業を資本主義の事業としてみなす人々によって支持された。(Davidoff and Hall 202)

羊に保険をかけておかなかったがために、全財産を失ったオウクは、暴風雨の際の瞬時の計算からも明らかなように、やがてすぐれた経済観念を獲得するようになる。ブーメラは、「負債」、「浪費」、「請求」、「投資」、「投機」、「契約」といった金銭に関する単語がこの作品には頻出すると指摘するが(Boumelha, "The patriarchy" 138)、作中人物の中で会計能力が発達し、経営の手腕を獲得するのは、オウクだけである。彼はハサミ研ぎなど農作業全般で有能であったが、農場の管理運営にも長けており、すぐれた経営者となる力量を発揮する。このオウクの経営にまつわる卓越した判断力は公的な領域だけでなく、家庭という私的な領域でも有用であることは明らかである。作中を通してオウクは変化し、金銭に関する能力を獲得するが、この変化もまたヴィクトリア朝社会が理想とした結婚の成立に寄与すると言えるだろう。

五

叔父から受け継いだ農場を自らの意思で精力的に運営するバスシバは、ヴィクトリア朝において、例外的に自立心に富んだ女性であった。しかし、トロイと結婚後、彼女の姿は様変わりする。トロイは夫としての適性を欠く人物であり、まもなく彼との結婚は破綻する。その後ボールドウッドがトロイを殺害し、最終的に絶えず傍にいたオウクと結婚するが、この結末に至るバスシバに、冒頭に表出されていた自由闊達な姿を認めることは難しい。『はるか』のオウクとバスシバの旅立ちの場面からは、自由意思を失った女性がヴィクトリア朝の結婚という制度に籠絡された結末の印象を受ける。

しかし、流転の人生を経験せざるをえなかった、寄る辺のないバスシバの変化だけが、結婚というこの作品の帰結点をもたらすわけではない。オウクもまた、ヴィクトリア朝の夫に求められた、抑制されたセクシュアリティと発達した経済観念という二つの特質を獲得し、彼のこの変化も最終部での結婚を促す。バスシバやトロイ、ボールドウッドなど強烈な個性を持つ他の人物と比べて、オウクは終始、穏やかな人物として表出される。しかし「中庸な男」オウクに生じた変化もまた、結婚という重要な結末の成立に寄与するのである。

注

（1）ビーゲルは「干し草用の棒」や「長い銀製のやり」など男性の性的エネルギーを想起させる道具類をオウクは多数保持しているとも指摘する。しかしこの点に関して、T・R・ライトは、作者であるハーディとヴィクトリア朝の読者は、道具に対するこのようなフロイト的な解釈を認識していなかったはずと、ビーゲルとは異なる見解を表明している (Wright 90)。

（2）このように結末をハッピーエンドとみなす解釈がなされる背景として、ハーディがヴィクトリア朝社会の出版にまつわる検閲を意識し、さらに読者からの好評を得るべく、パストラル的要素を作品にもりこんだという事実をあげることができる。ロジャー・エバットソンは、ハーディは後期小説において読者からの反感を恐れずヴィクトリア朝の価値観の「転覆」を狙ったが、初期・中期の作品にその傾向は見られないと指摘する (Ebbatson 117)。また『はるか』の執筆過程におけるヴィクトリア朝社会からの批判に対するハーディの配慮、および編集者レズリー・スティーブンの助言については、サイモン・ギャトレルの研究が詳しい。

（3）このオウクの「のぞき見」に関して、特にジュディス・ミッチェルは「のぞき魔のような男性のスパイ的行為」は、ハーディの初期作品に頻繁に見られると、初期作品における視線の特異性について言及している (Mitchell 166)。

引用文献

Beegel, Susan. "Bathsheba's Lovers: Male Sexuality in *Far from the Madding Crowd*." *Modern Critical Views: Thomas Hardy*. Ed. Harold Bloom. New York: Chelsea House, 1987. 207–226.

Boumelha, Penny. *Thomas Hardy and Women: Sexual Ideology and Narrative Form*. Brighton: Harvester

Wheatsheaf, 1982.

——. "The patriarchy of class: *Under the Greenwood Tree, Far from the Madding Crowd, The Woodlanders.*" *The Cambridge Companion to Thomas Hardy*. Ed.Dale Kramer. Cambridge: Cambridge UP 1999. 130–144.

Davidoff, Leonore and Catherine Hall. *Family Fortunes: Men and Women of the English Middle Class 1780–1850*. London: Routledge, 1997.

Ebbatson, Roger. "Hardy and Class." *Thomas Hardy Studies*. Ed. Phillip Mallett. Basingstoke: Palgrave Macmillan, 2004. 111–134.

Gatrell, Simon. "Hardy the Creator: *Far from the Madding Crowd.*" *Critical Approaches to the Fiction of Thomas Hardy*. Ed. Dale Kramer. London: Macmillan, 1979. 74–98.

Harvey, Geoffrey. *The Complete Critical Guide to Thomas Hardy*. London: Routledge, 2003.

Hughes, John. "Visual Inspiration in Hardy's Fiction." *Thomas Hardy Studies*. Ed. Phillip Mallett. Basingstoke: Palgrave Macmillan, 2004. 229–254.

Kent, Susan Kingsley. *Gender and Power in Britain, 1640–1990*. London: Routledge, 2013.

Mitchell, Judith. *The Stone and the Scorpion: The Female Subject of Desire in the Novels of Charlotte Brontë, George Eliot, and Thomas Hardy*. Westport: Greenwood Press, 1994.

Morgan, Rosemarie. *Women and Sexuality in the Novels of Thomas Hardy*. London: Routledge, 1988.

Murdoch, Lydia. *Daily Life of Victorian Women*. Santa Barbara: Greenwood Press, 2013.

Nelson, Claudia. *Family Ties in Victorian England*. London: Praeger, 2007.

Newton, Judith. "Engendering history for the middle class: sex and political economy in the *Edinburgh Review*." *Rewriting the Victorians: Theory, history and the politics of gender*. Ed. Linda M. Shires. London: Routledge, 1992.

Shires, Linda M. "Narrative, Gender and Power in *Far from the Madding Crowd.* " *NOVEL: A Forum on Fiction*,

Vol. 24, No. 2 (Winter 1991): 162–177. JSTOR. Web. 30 Jan. 2016.
Sprechman, Ellen Lew. *Seeing Women as Men: Role Reversal in the Novels of Thomas Hardy*. New York: University Press of America, 1995.
Wilson, Ben. *The Making of Victorian Values: Decency and Dissent in Britain: 1789–1837*. New York: Penguin Press, 2007.
Wittenberg, Judith Bryant. "Angles of Vision and Questions of Gender in *Far from the Madding Crowd*." *The Centennial Review* 30:1 (1986): 25–40. JSTOR. Web. 30 Jan. 2016.
Wright, T. R. *Hardy and His Readers*. Basingstoke: Palgrave Macmillan, 2003.

第七章　遅れて届いた手紙
――『はるか群衆を離れて』の眼差しについての考察――

高橋　路子

一

一八七二年一二月、トマス・ハーディのもとに一通の手紙が届いた。差出人は有名な文芸誌『コーンヒル・マガジン』の編集者レズリー・スティーヴンであった。その中でスティーヴンは、同年に出版されたハーディの小説『緑樹の陰で』を絶賛し、『コーンヒル・マガジン』への連載執筆を依頼してきた。『はるか群衆を離れて』は、それから約一年後の一八七四年一月から一二月にかけて同誌に連載された。

『はるか』において、手紙はきわめて重要な役割を果たしている。スティーヴンからの手紙がきっかけで、ハーディがこの作品を執筆することになったように、小説の中でも手紙がプロットの鍵を握っている。さらに、『はるか』の原稿は、スティーヴンの厳しい検閲を受けたことでも知られるが、小説の手紙においても、受取人以外の人物が介入し、その情報を操作しようとしている。そのため、検閲者および介入者の眼差しが感じられるというのが、この作品における手紙の大きな特徴となっている。

眼差しとは、簡潔に言うと、何をどのように見るかということである。ジャック・ラカンいわく、主体は、自由意思に基づいて自分の外にある対象を見るのではなく、己の内にある眼差し、すなわち己の内にある「他者」を介してしか、対象を見ることができない。[1] したがって、我々が実際に何かを「見る」前から「眼差しはあらかじめすでに存在して」いるのであり、そのために眼差しは、主体を見る存在ではなく「視られる存在にしてしまう」（ラカン『四基本概念』九五、九九）。このような眼差しについてのラカンの考え方は、「手紙は必ず宛先に届く」という彼のもう一つのテーゼにも通じている。というのは、眼差しと同様、手紙も自己に内在する大文字の「他者」に向けて送られるからである。

本稿では、この眼差しに関するラカンの理論を援用しながら、『はるか』における手紙を読み解いていく。そして、何故『はるか』においても「手紙は宛先に届く」のかを検証する。

二

『はるか』が一通の手紙から始まったことは、冒頭で述べた。『トマス・ハーディの生涯』には、当時の状況が詳細に記されている。「『コーンヒル・マガジン』からの手紙を受け取ることができたのはまったくの偶然だ」と書かれてある通り、手紙は危うく届かずじまいになるところだったのである。その原因は、ハーディの実家がある英国西南ドーセット州の郵便事情にあった。

ドーセットでは、昔ながらの郵便配達制度がそのまま残されていた。ハーディの実家でも、隣村の人がわざわざ手紙を届けてくれていた。スティーヴンからの手紙はと言うと、泥道に落ちてあったのを、仕事帰りの男性が拾って届けてくれたのである。配達を頼まれた子供が、誤って落としてしまったのであろう。(F. E. Hardy 126)

スティーヴンの手紙は、ハーディのもとに届けられるまでに、かなりの遠回りをしたようである。しかし、そのことがハーディの伝記の中でわざわざ言及されているというのは、『はるか』においても、手紙が誤って届けられたり、遅れて届けられたりすることを考えれば、どこか意味深長である。

『コーンヒル・マガジン』は、ウィリアム・M・サッカレーが初代編集者を務めた月刊文芸誌で、おもに「上位中流階級の家庭で読まれるような内容」(Annan 66) を掲載していた。スティーヴンは、その編集者を一八七一年から一一年間務めたが、彼の編集者としてのスタイルは、「良きにつけ、悪しきにつけ紳士的」(Maitland 265) であったと、彼の友人で伝記作家のフレデリック・メイトランドは記している。スティーヴンの編集者としての信条は、「汝、若い淑女にショックを与えるべからず」(Maitland 266) という言葉に表わされる通り、彼は、「バウドラー博士の教えに従い」(Annan 66)[2]、ヴィクトリア朝中産階級の美徳とされた勤勉、節制、純潔の精神に反するような内容は極力避け、とりわけセクシュアリティが関係する内容については細心の注意を払った。ハーディに宛てた手紙の中でも、「田舎の牧師館で暮らす若い娘たちが読むということを、常に念頭において書くように」と注意を促している (Maitland 276)。

そのスティーヴンが、ハーディの意思に反して、時にはハーディの了解も得ずに、『はるか』の原稿に大幅な修正を加えていたことは、ローズマリー・モーガンの研究に詳しい。モーガンは『消された言葉』の中で、ハーディの自筆原稿と雑誌に掲載された原稿とを比較し、いかにスティーヴンが元の原稿に修正、加筆、削除を行っていたかを明らかにしている。モーガンによると、編集者としてのスティーヴンは、作家と読者の間に入り込み、「監視」ないし仲介役を務めていた (Morgan 14)。一方では、「品位あるご婦人と購読者」のご機嫌をとり、彼らの気に入るようにハーディの原稿に容赦なく手を加えたが、他方では、同じ物書きの立場からハーディに対して同情と理解を示すのであった (Maitland 275)。

『はるか』を執筆当時、ハーディがこのような編集者の「監視」下に置かれていたことは注目に値する。とりわけ、この作品においては眼差しが重要な役割を果たしていることから、スティーヴンの検閲が作品に与えた影響は大きいと考えられる。

三

J・B・ブレンは、『はるか』のほぼ全ての主要登場人物が「目撃者、観察者、あるいはスパイ」(Bullen 71) であると述べているが、それが最も当てはまるのがゲイブリエル・オウクである。オウクの視点は、語り手のそれと一致することが多いとJ・ヒリス・ミラーは指摘する。「読者は、一時的にゲイブリエルの目を通して見るのであるが、その視点とは他者に見られることなく見るという視点である」(Miller 64)。

オウクがこのような特権的な視点、すなわち、人に知られずに見るという視点を有していることは、作品の冒頭から述べられている。ノークーム・ヒルにやってきたばかりのバスシバ・エヴァディーンが、手鏡を見ながら笑顔を作ってみせる様子や（一章）、彼女が無防備に仰向けの恰好で乗馬する姿を見るのはオウクだけである（三章）。いずれの場合も、バスシバは誰かに見られているとは夢にも思っていない。舞台をウェザーベリーに移した後も、オウクは、バスシバの農場を飛び出したファニー・ロビンの唯一の目撃者である（七章）。さらに、バスシバとフランク・トロイ軍曹が逢引きしているところを見るのも、オウクただ一人である（二九章）。

他の人には見えないものが見えるオウクは、やがて周囲から「信頼」を寄せられるようになる。テクストでは「信頼」を表す語として“confidence”という単語が使われているが、この語には「信頼」の他に「秘密」という意味がある。オウクは、人の知らないことを知っていることで信頼され、さらに、信頼されることによって、より多くの秘密を知ることになる。バスシバは、彼女がトロイと結婚することになった経緯をオウクにだけ打ち明け（三七章）、日頃は無口で感情を表に出さないウィリアム・ボールドウッドも、バスシバに対する複雑な心中をオウクにだけ告白し（三八章、五二章）、逆に、バスシバはそのボールドウッドについて、オウクに相談している（五一章）。

このように、オウクは、バスシバやボールドウッドをはじめ、多くの人物たちから秘密を打ち明けられるのであるが、告白者ないし相談者がオウクに求めているものとは、彼の眼差しに他ならない。ブレンは、『はるか』における眼差しは、「感覚や観察という行為であると同時に、道徳的な判断を象徴」するとしている (Bullen 75)。これをラカン的に言い換えるならば、眼差しとは、自己の外ではなく内にある大文字の「他者」のことである。バスシバもボールドウッドも、オウクの眼差しを取り込むことで、象徴界の秩序を受け入れ、象徴的同一化を遂げようとしているのである。したがって、ファニーの死に際して、バスシバが「オウクのようになりたい」と願うのは、彼ならば、「ファニーの死の真相」を知っていると思うからであり、さらに言えば、オウクならば、ファニーの死をどう見るべきかを知っていると期待するからである（四三章）。

一方、オウクの眼差しを通して、彼自身、すなわち、複数の人物の間で「仲介人 (go-between)」の役割を演じるオウクの姿が浮かび上がってくることも重要な点である（四九章）。全財産を失い、裸一貫からやり直さなければならなかった彼が、一介の羊飼いから這い上がり、ほんの二、三年のうちに二つの農場を任され、固定給を得るまでの地位に上ることができたのは、それまでの経験と知識と同じくらいに彼の特権的な視点によるところが大きい。ウェザーベリーに到着して間もなく、オウクが“clever”だということが、もっぱらの評判になるのであるが、“clever”という語には「賢い」という意味に加えて「抜け目がない」、「世渡り上手」という含みがある（一五章）。ヘンリー・ジェイムズは、オウクのことを、ただひたすらに待っているだけの男のように評していたが(James 30)、彼の眼差しに着目した場合、オウクは、なかなかの策士なのである。そして、そのことがはっきりと見てとれるのが、作中の手紙においてである。

四

確かに、ハーディの作品で手紙が重要な役割を果たすのは、『はるか』だけではない。しかし、『カスターブリッジの町長』や『ダーバヴィル家のテス』においては、手紙が書き手の告白や事実の伝達という目的を有しているのに対して、『はるか』の手紙は、真実や事実を伝達するという目的では書かれていない。むしろ、これから見ていくように、『はるか』においては、手紙に書かれてある内容よりも、手紙それ自体、および手紙を巡る眼差しの方がより重要な意味を持つのである。

すべては、バスシバが送った一通の手紙から始まる。二月のある日、バスシバは「私と結婚して(MARRY ME.)」と捺印をして、匿名のバレンタイン・カードを隣の農場主であるボールドウッドに送る（一三章）。バスシバにしてみれば、穀物市場や教会で顔を合わせても、自分の方を見向きもしないボールドウッドを少し懲らしめてやろうという程度の軽い気持ちであったが、恋愛経験も乏しい堅物のボールドウッドは、その手紙を真に受けてしまう。

彼は、手紙に書かれてある内容よりも、手紙が届いたという事実に驚いていた。（中略）ボールドウッドは、前日も一〇〇回は眺めたであろう真っ赤な押印を見つめ、その文字を声に出して読んでみた。「私と結婚して」。

生真面目で内向的な農場主は、カードを封筒に戻し、それを鏡と枠縁の間に挟んだ。その時、手紙と一緒に、鏡に映る自分の姿が目に入った。青ざめた顔の輪郭はぼやけ、唇はきつく結ばれ、見開かれた目は空を見つめていた。高ぶる神経に不安と苛立ちを覚えながら、彼はベッドに戻った。（一四章）

右の引用で注目すべきは、手紙を見つめるボールドウッドの目が、同時に、それを見ている鏡の中の自分を見つめている点である。彼は、この時すでに、顔も名前も知らない差出人に恋し始めているのであるが、ボールドウッドが鏡の中で「見つめる」相手というのは、彼の中にある理想の恋人像に他ならない。

翌朝、ボールドウッドは、「匿名の手紙が自分にまた届くのではないかと思い」、まだ太陽が昇りきらないうちから屋敷の外に出て、郵便配達人が来るのを待った（一四章）。先のバレンタイン・カードによって、彼はこれまでに経験したことのないような興奮状態に陥り、傍から見れば「拷問にかけられているかのように、苦し」（一五章）そうであるにも拘わらず、手紙が再び自分のもとに届けられることを期待しているのである。

そのため、郵便配達人から手紙を手渡されると、自分宛の手紙だと信じて疑わないボールドウッドは、ろくに宛名も確認せずに封を開けてしまう。ところが、手紙はバスシバのもとで働く羊飼いのオウクに宛てられたものであった。他人の手紙を誤って開封してしまったボールドウッドは、自らの手でオウクに手紙を届けにいくことになる。このようにして、一通の手紙は、また別の手紙へと繋がり、同時に、手紙を介して登場人物たちの相互関係も複雑になっていく。

バスシバの筆跡に気づいたオウクのおかげで、バレンタイン・カードの差出人の正体を知ったボールドウッドは、早速、市場に出かけた。テクストには、その時に彼は「初めて本当に彼女を見た」と書かれてあるが、彼が「草刈りをしている人が、通り過ぎていく列車を眺めるような目つきで、つまり、自分とは何の接点もないので、どう見てよいかわからないという様子で」バスシバを眺めていたことからも窺えるように、実際には、ボールドウッドには何も見えていないのである。その証拠に、「エヴァディーンさんは器量よしだと思いますか？」と傍にいた男にわざわざ尋ねている。そして、周囲のお墨つきが得られたところで、ようやくバスシバを「理想の恋人」として認識するのである（一七章）。

バスシバに対する執着心は、やがてボールドウッドを狂気にまで追い詰めることになるが、彼を破滅に陥れるのは、実はバスシバでもなければ、バスシバの夫となるトロイでもない。むしろ、ボールドウッド自身である。というのも、バレンタイン・カードを受け取った時点から、ボールドウッドの眼差しは、バスシバ・エヴァディーンではなく「バスシバ・ボールドウッド」に向けられているからである。のちに、ボールドウッドの屋敷からは高価な宝飾品や衣裳が包装紙にくるまれた状態で発見される。「バスシバ・ボールドウッド」とは、それらの包み紙に付された名前のことである（五五章）。現実には存在しない、その名前の女性こそ、ボールドウッドが求め続けた女性であり、彼の中にしか存在しない理想の恋人なのである。その意味において、「バスシバ・ボールドウッド」の名前が書かれた包みの真の受取人は、ボールドウッド自身であると言えよう。

五

オウクが特別な「目」を持った人物であることは既述の通りである。「道徳的な判断を象徴」するその眼差しは、作中の手紙にも向けられている。彼は、バスシバのバレンタイン・カードについて、「愛してもいない男を、その気にさせるのは、決して褒められることではありませんよ」と言って、彼女をたしなめている（二〇章）。一見したところ、オウクは、中立で公正な眼差しの持ち主であるかに見える。しかし、次に見ていくように、手紙を巡る彼の眼差しに着目した場合、オウクは必ずしも公平無私とは言えないのである。

バスシバは、バレンタイン・カードの件で干渉されたことに腹を立てて、オウクを解雇する。しかし、その矢先に、農場の羊たちが食中毒にかかり全滅するかもしれないという緊急事態が発生し、唯一その処置方法を知っているオウクを呼び戻さなければならなくなる。窮地に立たされたバスシバは、オウクに一通の手紙を送るのであるが、その時に彼女は、手紙の最後に次の文句を添えたのであった。「ゲイブリエル、私を見捨てないで (Do not desert me, Gabriel!)」(二一章)。

結果、その手紙に導かれるようにして、オウクは再びバスシバのもとに戻ってくるのであるが、手紙の最後に付けられたバスシバの言葉が、ボールドウッドに対する「私と結婚して」の文字とまったく同じ意味と効果を、オウクに対して持つことは注目すべき点である。つまり、この手紙も「愛してもいない男を、その気にさせる」手紙なのであり、バスシバ自身もそのことに気づいているからこそ、ほんの一瞬ではあるが、手紙を出すのを「ためらう」のである (二一章)。しかし、ここで最も皮肉なのは、オウクが他人の手紙には干渉し、それを「褒められることではない」と批判しておきながらも、自分のこととなるとそのことに気づかない、あるいは、気づかないふりをすることである。これら手紙を巡る一連の出来事は、結果として、オウクの眼差しが必ずしも客観的ではないことを露呈してしまっている。

さらに、ファニーが彼に宛てた手紙を、オウクは何の躊躇もなくボールドウッドに見せている。手紙には、その内容については村の人たちには伏せておいてくれと書かれていたにも拘わらずである。その結果、ファニーの手紙は二度否定されることになる。まずは、手紙については他言しないでほしいというファニーの願いが、オウクによって無視され、次に、ファニーとトロイが結婚する予定だとする手紙の内容が、ボールドウッドによって否定されている（一五章）。つまり、オウクの干渉によりファニーの手紙は、それが意味するはずの内容が否定され、いわば「からっぽ」の手紙として扱われてしまうのである。しかしその一方で、ファニーの手紙は、バスシバのバレンタイン・カードと同様に、手紙本来の何かを伝達するという機能を持たないが故に、手紙を読む眼差し、すなわち、手紙に対して何らかの意味づけ、ないし価値づけを行う眼差しの方を露わにするのである。

六

ここからは、『はるか』において文字が消されたり、手紙が盗まれたりする場面について考察する。具体的には、次の二つの場面である。一つ目は、オウクがファニーの棺の蓋に書かれた文字を消す場面である（四三章）。英語で"letter"は「手紙」の他に「文字」を表す。二つ目は、溺死したと思われていたトロイが、実は生きているということを、元農場管理人のベンジー・ペニーウェイズがバスシバに知らせようと書いた手紙を、トロイ本人が盗み取る場面である（五〇章）。とりわけ、後者においては、情報を操作することで、自分に有利に事を運ぼうとする介入者の思惑は明らかである。しかし、ファニーの秘密を隠そうとしたオウクの介入が、結局は無駄であったように、トロイの秘密も、彼自身がバスシバの前に姿を現すことで暴かれる。つまり、介入者の有無に関係なく「手紙は必ず宛先に届く」のである。

ラカンは、エドガー・アラン・ポーの短編「盗まれた手紙」をセミネールの中で分析し、たとえ手紙を瓶に入れて海に流した場合であっても、「手紙は必ず宛先に届く」としたが、それは手紙が自己に内在する「他者」に向けて送られるとするからである。(3) このことを、これまでの眼差しについての議論と関連づけるならば、ラカンがここで言う「宛先」とは、我々が見る対象のことではなく、眼差しのことである。眼差し、すなわち、どう見るか、あるいは、どう読むかということは、すでにあらかじめ存在しているのであり、その意味において、手紙は最初から宛先に届いているのである。つまり、真の受取人は差出人本人ということになる。手紙それ自体に「最後の結末に向けてのある種の運動」が包含されているとスラヴォイ・ジジェクが説くように（ジジェク　一二）、手紙には宛先、すなわち結末があらかじめ約束されているのである。

このラカンのテーゼに対して、ジャック・デリダが、「手紙が宛先に届かない場合もあるのではないか」と反論したことは有名である (Derrida 186)。デリダが脱構築しようとするのは、手紙／文字の確定性、絶対性である。ラカンが、主体は漠然としたイメージの世界である想像界から、大文字の「他者」の存在を受け入れることで、秩序ある言語世界としての象徴界へと参入するとしたのに対して、デリダは象徴界に表されるような秩序や大文字の「他者」の存在を否定するからである。

確かに、『はるか』における手紙が、文字通りの意味を成さないという意味においては、デリダ的に「手紙は必ずしも宛先に届くとはかぎらない」ように見えるかもしれない。しかし、『はるか』の手紙が、周囲を複雑な相互関係に巻き込みながらも、最終的にその影響を最も受けるのが、差出人本人であることは見逃されるべきではない。その最もわかりやすい例が、バスシバのバレンタイン・カードである。当初は戯れ言でしかなかった「私と結婚して」という文字を、最終的には、書き手本人が「現実」のものとしなければならなくなるからである。

七

「火には火を、傷には傷を、争いには争いを」。この旧約聖書の一節が引用されるのは、「ファニーの復讐」と題される四三章においてである。この章題に首をかしげる読者もいるかもしれない。それと言うのも、ファニーの復讐相手がはっきりしないためである。果たして、自分を裏切ったトロイに対する報復なのか、トロイと結婚したバスシバへの仕返しなのか、それとも、何か他のものへの挑戦なのかは明示されていない。

ファニーは、トロイが所属する近衛連隊の後を追って、ウェザーベリーからメルチェスターへと移動し、最後はまるで死に場所を求めるかのようにしてウェザーベリーに戻ってくる。結局は、カスターブリッジの救貧院で息を引き取るのであるが、棺の蓋に書かれた文字を、農場にいる誰よりも先に見ることができたのは、またしてもオウクである。そして、彼は、とっさの判断で「ここにファニー・ロビンと嬰児が眠る」の文字の一部（「と嬰児」の部分）をハンカチで消すのである（四二章）。

文字を消すというオウクの行為が、作品を通して彼が果たしてきた介入者の役割を象徴している一方で、スティーヴンの原稿に対する修正行為を暗示していることは、ハーディと『コーンヒル・マガジン』編集者の関係を知る者であれば、容易に推測することができる。さらに、オウクの特権化された眼差しと、それによって確立された優位的立場も、彼とスティーヴンを結びつける有力な手掛かりとなる。

「汝、若い淑女にショックを与えるべからず」を信条としてきた編集者にとって、ファニーの私生児の存在は到底容認できるものではない。スティーヴンはハーディに対して、「赤子を消す」ように繰り返し訴え、干渉している。次の引用は、一八七四年四月一三日付の手紙からの抜粋である。

ファニーの死因に関するくだりは、必要以上に強調されていると感じます。私があなたの立場でしたら、一件については全て省略し、事実だけを書きます。（中略）そもそも赤子を存在させる必要があるのかどうかも疑わしいところです。バスシバが棺を開けて、中に横たわっているのが道ですれ違った女性だとわかれば、それで十分ではありませんか。この件については、あなたの意見を尊重しますが、作品の価値が損なわれることは間違いありません。仮に今回省略したとしても、単行本として出版する時に戻せばよいことです。今は、用心するに越したこ

とはありません。赤子は消しておいた方が、私も安心です。(Purdy 339)

右の手紙は、スティーヴンが早い段階から「トロイの不貞がいずれ暴かれるであろう」(Purdy 338–39) ということを見抜いていたにも拘わらず、ファニーの私生児の存在を見落としていたことを示すきわめて重要な証拠となる。(4) 同時に、このスティーヴンの見落としは、彼の眼差しがいかに曇ったものであったかを露呈している。すなわち、『コーンヒル・マガジン』の読者としてスティーヴンが想定していた「牧師館の若い娘たち」が住む世界には、ファニーのような「堕ちた女」や私生児など存在するはずがないとする、偽善的とも言える彼の眼差しが浮き彫りになるのである。

ラカンは、眼差しの本質を「構成的欠如」にあるとしているが、それは、眼差しに内在する盲点、つまり、我々が対象の中にある己の存在に気づかないためである(ラカン『四基本概念』九六)。しかし、盲点は、我々が気づかないだけであり、存在しないわけではない。それと同様に、テクストの表面から、あるいは棺の蓋から文字を消したところで、嬰児の存在が消えるわけではない。その意味において、ファニーの嬰児はまさにこの作品の盲点であると言える。そして、作品の前半から存在していたのにも拘わらず、最後になるまで見えなかったファニーの嬰児こそ、『はるか』においての、遅れて届いた手紙なのである。

したがって、棺の蓋をあけたバスシバが「見る」のは、ファニーとその傍らで横たわっている嬰児の姿だけではない。ファニーの失踪、ファニーの恋人の噂、夫トロイへの不信感、トロイが大事そうに持っていた金髪の髪束、道で出会った瀕死の女性などの断片が、バスシバの中で繋がり、一枚の絵になって「見える」のである。そして、今まで目の前にあったにも拘わらず、見えていなかったものが見えた時に、手紙は宛先に届くのである。

しかし、振り返ってみると、手掛かりは与えられていた。最初に登場した時から、ファニーには人に言えない「秘密」があることが暗示されていた。この時、ファニーの脈が異常に早く、体力の消耗も激しい様子がオウクによって観察されていた（七章）。その後、ファニーは、オウクに宛てた手紙の中で、再び自分の「秘密」について言及している。この時の「秘密」に子供が含まれていたかどうかは定かではないが、トロイと彼女が結婚するような関係にあることが示唆されていた（一五章）。

ファニーが再び登場するのは、だいぶ後になってからである。みすぼらしい身なりの憔悴しきったファニーの姿に気づいたトロイは、彼女のもとに駆け寄り、「なぜ手紙をよこさなかったんだ」と声を掛ける。すると彼女は、次のように答えている。「恐ろしくて書けなかったのです」と（三九章）。しかし、「手紙」はとっくに出されていたにも拘わらず、読者を含め、作中の誰もがそれを見落としていたのである。スティーヴンの検閲からも抜け落ちていた「シミ」、それこそがファニーの嬰児の正体である。その意味において、当時のヴィクトリア朝社会の眼差しを象徴しているとも言えるスティーヴンの盲点が暴かれた時に、「ファニーの復讐」は成就すると言えるのかもしれない。

八

『はるか』は、手紙で始まり、手紙で終わる。作品最後の手紙は、オウクがバスシバに宛てたものので、バスシバとの雇用契約を正式に打ち切るための書類であった（五六章）。しかし、この作品における他の手紙がそうであったように、この手紙も文字通りの意味を持たない。最終的には、この手紙がきっかけとなり、二人は結婚することになる。

小説における手紙についてデイヴィッド・ロッジは、一人の書き手に対し、「特定の読み手が想定されており、読み手の反応も予想されている。そのため、レトリックはより複雑になり、直接的ではなく婉曲的に、真実が明らかにされていくという面白さがある」と述べている（Lodge 23）。それに対して、『はるか』の場合は、本稿で見てきたように、手紙に想定外の読み手が介入することで、誤解や誤読が起こったり、混乱が生じたりする。それにも拘わらず、『はるか』の手紙においても、「真実が明らかにされ」るとするならば、それは手紙に書かれてある内容によってと言うよりは、手紙あるいは文字そのものによってと言うべきであろう。そして、手紙が明らかにする「真実」とは、そこに内包される眼差しの存在に他ならない。

『はるか』の連載が終了すると、スティーヴンとハーディの「編集者と執筆者としての文通」も、そう長くは続かなかった（Maitland 277）。スティーヴンの検閲により両者の間に生じた溝は、最後まで完全に埋まることはなかったようである。その後、ハーディは、スティーヴンが「危険」すぎるとして敬遠するようなテーマを次々と作品の中で取り上げていく。[5]その結果、スティーヴンとはすっかり疎遠になってしまうのであるが、ハーディの伝記には、彼の「哲学に最も影響を与えた人物」の一人としてスティーヴンの名前が挙げられている(F. E. Hardy 132)。このことは矛盾するようで、実は矛盾していない。というのも、二人の距離が狭まることはなかったという事実自体が、『はるか』以後も、スティーヴンの眼差しがハーディの創作に影を落としていたことを逆説的に物語っているからである。その意味において、スティーヴンの手紙は、確かに宛先に届いたと言える。

本稿では、ラカンの精神分析を援用しながら、『はるか』の手紙を巡る眼差しを分析してきた。『はるか』の原稿が編集者の検閲を受けたのと同じように、作品においても、登場人物たちの相互関係を構成する眼差しがあることを考察した。そして、ファニーの嬰児が、その特権化された眼差しから抜け落ちた「シミ」であることを分析した。最後は、ファニーの嬰児の存在が明らかになった時に、「手紙は宛先に届く」ことを検証した。

注

(1)『精神分析の四基本概念』の中で、ラカンは、器官としての目と眼差しとを区別し、後者について次のように述べている。「視覚によって構成され、表象のさまざまな姿によって秩序づけられる、我われと物との関係において、なにものかがだんだんと滑り、通過し、伝わり、いつもいくぶん欠けることになります。

それが眼差しと呼ばれるものです」(九七)。
（2）トマス・バウドラー博士（一七五四―一八二五）は、シェイクスピアの作品を改竄したことで知られる。彼の教えとは、道徳的に不適切と判断されるもの、とりわけ性的な表現や内容は全て削除するというもの。
（3）ラカンが、ポーの短編を使って明らかにしようとしたことは、一通の手紙を巡る人物たちの相互関係、および「主体に対して構成力を持っているのは象徴界の秩序」だということである（ラカン『エクリI』一二）。ポーの短編においても眼差しが重要な意味を持つ。
（4）『はるか』の連載が始まった時、スティーヴンはまだ完成原稿を見ていなかった。通常であれば、すべての原稿に目を通してから『コーンヒル・マガジン』に掲載するかどうかを決定していたのであるが、異例の事態が起き、急遽、連載作品を探す必要があったため、スティーヴンはハーディの原稿の一部を読んだだけで『はるか』の連載を決定したのであった (F. E. Hardy 126–28)。
（5）ハーディから『帰郷』の原稿の一部を見せてもらったスティーヴンは、主人公たちの関係が「危険なものに発展しかねない」として、『コーンヒル・マガジン』に掲載することに難色を示した。それ以後、二人が一緒に仕事をすることはなかった (Maitland 276–77)。

引用文献

Anan, Noel Gilroy. *Leslie Stephen: His Thought and Character in Relation to his Time*. London: MacGibbon & Kee, 1951.

Bullen, J. B. *The Expressive Eye: Fiction and Perception in the Work of Thomas Hardy*. Oxford: Clarendon, 1986.

Derrida, Jacques. “The Purveyor of Truth.” Trans. Alan Bass. *The Purloined Poe: Lacan, Derrida and Psychoanalytic Reading*. Eds. John P. Muller and William J. Richardson. Baltimore: Johns Hopkins UP, 1988. 173–212.

Hardy, Florence Emily. *The Early Life of Thomas Hardy*. New York: Macmillan, 1928.

James, Henry. Review. "*Far from the Madding Crowd*." *The Nation*. 24 Dec. 1874. Rpt. in *Thomas Hardy: the Critical Heritage*. Ed. R.G. Cox. London: Routledge, 1979. 27–31.
Lodge, David. *The Art of Fiction*. London: Penguin, 1992.
Maitland, Frederic William. *The Life and Letters of Leslie Stephen*. Bristol: Thoemmes, 1991.
Miller, J.Hillis. *Thomas Hardy: Distance and Desire*. Cambridge: Harvard UP, 1970.
Muller, John P. and William J. Richardson. *The Purloined Poe: Lacan, Derrida and Psychoanalytic Reading*. Baltimore: Johns Hopkins UP, 1988.
Morgan, Rosemarie. *Cancelled Words: Rediscovering Thomas Hardy*. London: Routledge, 1992.
Purdy, Richard Little. *Thomas Hardy: A Biographical Study*. Oxford: Clarendon, 1979.
ジャック・ラカン『エクリⅠ』、宮本忠雄他訳、東京、弘文堂、一九七二年。
――『精神分析の四基本概念』、ジャック＝アラン・ミレール編、小出浩之他訳、東京、岩波書店、二〇〇七年。
スラヴォイ・ジジェク『汝の症候を楽しめ』、鈴木晶訳、東京、筑摩書房、二〇〇一年。

第八章　『はるか群衆を離れて』における結末に関する考察

筒井　香代子

一

　一八七四年の一月号から一二月号まで、名門文芸雑誌『コーンヒル・マガジン』に掲載された『はるか群衆を離れて』により、トマス・ハーディが、小説家としての地位を確立したというのは周知の通りである。しかし、この作品は、雑誌に掲載される過程において、当時の風潮であるグランディズムを懸念する雑誌編集長レズリー・スティーヴンによって、かなりの部分の修正、すなわち"bowdlerization"を要求かつ実行されている。したがってハーディにとって『はるか』は、作家としての成功と引き換えに、様々な妥協を図った作品であったといって差し支えないだろう。『ヴィクトリア朝の人と思想』におけるリチャード・D・オールティックによる"bowdlerization"についての記述からも、そのことは明らかである。

　しかし、第一の犠牲者はトマス・ハーディである。次々と小説は神経質な編集者たちの手による拒絶ないしは検閲を受けなければならなかった。『エセルバータの手』では、彼は「多情な」

(amorous) の代わりに「多感な」(sentimental) を用いなければならなかった。『はるか狂乱の群れを離れて』では、「みだらな」(lewd)、「身持ちの悪い」(loose)「わいせつな」(bawdy) が「粗野な」(gross)「不行跡」(wicked)、「罪深い」(sinful) となった。(オールティック　二〇八)

表現一つに細かい修正を求められるのであれば、内容そのものに対しては、なおさら厳しい目が向けられたことはいうまでもない。『トマス・ハーディ』においてクレア・トマリンは、「ファニーの赤ん坊、またバスシバが棺を開けてそれを発見するクライマックスとなる場面は、『コーンヒル・マガジン』では正式に削除された。これほどひどく本を損なう変更を、スティーヴンがどれほど気にしていたのかということに関しては様々な見方がなされているが、グランディズムを支持する人々の苦情による圧力を受けていたため、彼は大目に見られているのである」(Tomalin 135) と述べている。さらにトマリンによれば、ハーディ自身成功するために、「レズリー・スティーヴンや『コーンヒル・マガジン』の読者を喜ばせるような田舎の生活を描いた小説」(Tomalin 129) を目指していた。したがって、当時読者の大多数を占めていた中産階級の人々に受け入れられるために、きわめて重要な部分の修正や削除も、ハーディは応じたのだと考えられる。

その結果、『はるか』では一見幸せな結末が提示されている。ハーディは物語の最後に、バスシバ・エヴァディーンを巡る三人の男性、ゲイブリエル・オウク、ウィリアム・ボールドウッドそしてフランシス・トロイの中で、オウクを彼女の夫にして、オウクの愛が報われるという形を取った。しかしジョゼフ・プアグラスの「もっと悪くなったかもしれねえし」、「そんなところだ」（五七章）という言葉からは、二人の結婚を手放しに祝福する様子は感じられない。それゆえ、たとえ悲劇でなくとも、真の幸福とはいいがたいこの結末には、執筆に際し、あらゆる制約に苦労を重ねたハーディが、自身による何らかの意図を忍ばせたということも大いに考えられるのである。もしそうであったとするならば、その意図とはどのようなものであるのだろうか。本稿では、『はるか』の結末のあり方を考察し、その中に隠されたハーディによるメッセージを明らかにした上で、それ以降の作品との関連性を提示したいと思う。

二

プアグラスの言葉に加えて、バスシバとオウクとの結婚にそれほどの幸福感を感じることのできない理由は結婚に至る経緯でバスシバが示してきた、オウクに対する冷淡かつぞんざいな態度である。バスシバのそのようなふるまいは、オウクが地位を失ってから、つまり彼の身分が、バスシバのそれより明らかに格下になってからは一層顕著になる。火事という窮地に自身の農場を救ってもらっておきながら、バスシバはオウクを、地主代理ではなくただの羊飼いとして、つまり仕事上のパートナーではなく明確に使用人として雇う決定をする。その際、オウクが幾分動揺さえした「驚くほど冷たい態度」（一〇章）をバスシバは示している。

しかし、バスシバのオウクに対する態度が、最もはっきりと示されているのは、恋愛に絡むバスシバの行動に対し、オウクが批判的立場を取る場面である。教区で最も身分が高く威厳のあるボールドウッドに、気まぐれからバレンタイン・カードを送ったことを、オウクから諌められたバスシバは、烈火のごとく怒って彼を解雇する（二〇章）。さらに、トロイは立派な人物ではないので、好きになってはいけないと忠告された際にも、「主人」である彼女は、再び彼に向って「首にしてやる」（二九章）と叫ぶのである。つまりオウクは、バスシバにとって対等に扱うに値しない存在であり、その彼が自身に向かって説教するなどもってのほかであると、彼女が考えていることが容易に伺える。

バスシバのオウクに対するこのような傲慢かつ利己的な態度が、身分差だけでなく、彼に対する愛情の欠如に起因することは想像に難くない。現にバスシバは、当時わずかとはいえ、彼女より地位のあったオウクからの求婚に、「愛していないから」（四章）応じられないと答えている。そのようなバスシバとオウクが、最終的に互いに愛を確認し結ばれる結末には、やはり違和感を禁じ得ない。しかしそもそも愛とは一体何であるのか。また『はるか』において、愛はどのようなものとして提示されているのだろうか。作品中で、バスシバとオウクが最終的に到達したとされる愛について、非常に長く、また詳細に語られている以上、それを確認する必要があるだろう。

二人の愛情は、偶然出会った二人がまず、お互いの性格の比較的粗野な面を知り、もっと後に、ひと固まりの厳しく単調な現実の隙間で、ロマンスが育っていって初めて、お互いの最も良いところを知った際に（少しでも生まれるとすれば）生まれる堅実な愛情であった。この良き友愛――仲間意識――は、たいてい同じ仕事を通して生じるものであって、残念なことに男女間の愛情に加わることはめったにない。なぜなら、男女は自分たちの仕事ではなくて、快楽においてのみ結びつくからである。しかしながら、幸せな境遇により、友愛と男女愛からなる愛情が育まれるなら、この愛情こそが、死の強さにも匹敵する唯一の愛情――多量の水でも消すことできず、洪水でも溺死させることができない愛であることがわかるのだ。この愛と比べれば、普段愛という名で呼ばれている情熱は、蒸気のように消えてしまうのである。（五六章）

この引用箇所に関連して、H・M・ダレスキによる愛の性質に関する分析に注目したい。著書『トマス・ハーディと愛の逆説』でダレスキは、「普段愛と呼ばれている情熱」における二面性を指摘する。その際、人生における様々な状況の中に、自身の個性に基づき、あるパターンを見出す存在として、ハーディ自らがやや漠然とした定義で使用した「賢者」"seer" (F. E. Hardy 153) という語を、ダレスキは用いている。またダレスキは、さらに見るという行為に限定した「観察者」(seeer) という語を加えて、情熱の性質を論じている。

それまでの話の筋を考えると、引用箇所に記された感情は、初め、反論しようのないものに思われる。（中略）友愛という複合的感情が真の愛を育むのに対し、情熱は恋人たちの身を滅ぼす。（中略）賢者（seer）による二人の愛についての見解が、あまりにも強調されているため、賢者（seer）としては、これより先、情熱の本質の探究を打ち切ろうとしているようだ。（中略）しかしこの後ハーディは、引き続きこのテーマに、（『カスターブリッジの町長』を除く）主要な作品全てを充てたのである。観察者（see-er）の方は、賢者（seer）が、最後の大ざっぱな一般論によって無視した情熱の側面を見ており、それらを示していた。（中略）さらに観察者（see-er）は、情熱が破壊的なものであるだけでなく、活気を与えるものでもあることを理解し、そのことを鮮明に伝えていたのである。（Daleksi 81–82）

ダレスキの指摘する情熱の二面性は、バスシバとトロイの恋愛で明確に示されている。彼女のトロイへの愛は「幼稚」なものであり、恋心を抱く彼女は「思慮分別よりは衝動の方がはるかに楽しい指針であると感じている」（二九章）。ここで述べられている「衝動」とは、まさに情熱の破壊的要素を示している。バスシバ同様、トロイにも、衝動に身を委ねる様子が幾度か見られる。中でも、ファニー・ロビンと赤ん坊の遺体を目の前にして自身の過去を悔いるばかりか、妻のバスシバに向かって「サタン」呼ばわりし、「俺にとって何でもない」（四三章）存在だという場面では、トロイの衝動すなわち情熱の破壊的な側面が顕著に表れている。

時に衝動に駆られるバスシバとトロイに対し、オウクの「知性と感情ははっきり分かれて」おり、「若気の至りで、両者を衝動として結合させる時期はもう終わっていた」（一章）。これはあたかも成長が、人間の抑制能力を発達させることが可能であるかのように読める。だがそうではないのは、彼より一三歳年上のボールドウッドの言動を見れば明らかだ。彼がバスシバに捧げる愛は「勝手気ままなものであって決して寛大なものではない」（二〇章）。それゆえ彼女から求婚を断わられ、彼女がトロイに気持ちを寄せていることを知ると激高し、「これこそ女の愚かな行為だ！」（三一章）と叫び、バスシバを罵るのである。

バスシバとオウクとの愛は、「情熱にもとづくものではない」(Daleski 81) が、情熱そのものはオウクにも存在する。ただし、オウクの情熱には、バスシバを含む他の三人のような破壊的な要素である衝動は見られない。バスシバたちの情熱は、破壊性をもつがゆえに、その所有者のみならず、周囲にとっても危険なものになりうるのだ。そうであるからこそ、所有者の一人は殺され、別の者は殺人の罪を犯して、残りの人生を獄中で過ごすことになるのである。

しかしダレスキの指摘通り、ハーディは、情熱における否定的な側面を提示するにとどまらない。ダレスキは次のようにも述べている。「結局のところバスシバは、友愛による結婚で元気になるものの、彼女は何かが欠けている状態になるだろうと観察者 (see-er) がほのめかしていると、私たちは思わずにはいられないのだ」(Daleski 82)。さらに続けて彼は「この理想的な友愛は、この小説家の興味をさほど惹かないようだ」(Daleski 82) と指摘する。つまりハーディは、幸福な結末を提示したかに見せて、その幸福が不完全なものであることを表しているのである。

確かにバスシバは、オウクとの再婚により、その後も安定した社会生活を手に入れることになった。しかし結婚では破綻したバスシバのトロイへの愛が、「思慮分別よりは衝動の方がはるかに楽しい指針と感じる」「幼稚」なものと評されていることよりも、むしろ「夏のように温かく、春のように新鮮な」（二九章）ものであると肯定的に表現されていることにこそ注目すべきなのだ。それらの季節とバスシバとトロイとの出会いの時期は、みごとに重なっている。「神が、明らかに田舎に存在し、悪魔が、世間と共に都会に去った」（二二章）六月に、バスシバはトロイと出会う（二七章）。さらにトロイが、窪地でバスシバに剣術を披露した後、彼女にキスをして、彼女の「思慮分別をすっかり圧倒してしまうほど、感情が膨れ上がった」（二八章）のが真夏である。要するに、衝動すなわち情熱が、幸福と切り離せない関係であることは疑いようがない。その証拠に情熱的な愛の存在しないオウクとの再婚は、冬に行われ（五七章）、またオウクが「笑って」も、バスシバは「今では容易に笑わなくなっている」（五七章）。それゆえ、成就したはずの二人の「愛」は、対照的に陰鬱さ、寒々しさをも感じさせるものとなるのである。

三

それでは次に、何をきっかけに、バスシバはオウクに対して友愛の情を抱き、彼を夫として、受け入れる決断に至ったのかを見ていきたい。オウクが農場を去ることを伝えた時、バスシバが「あなたなしで一体私はどうすればいいんでしょう？」（五六章）と訴えているように、彼女が農場を経営していく上で、オウクの助けが不可欠であるということが最大の要因であることは理解できる。バスシバが、ボールドウッドやトロイに対するものと同じような弱々しさをオウクにも見せるのは、常に自身が困った時に限られる。換言すれば、ボールドウッドに対しては己の罪悪感と敬意から、またトロイには情熱的な愛情から女性特有の弱さをあらわにするが、オウクに対してそのような態度にでるのは、女農場主としての彼女の地位を維持するためである。

一度目に激怒してオウクを農場から追い出した後、病にかかった羊の処置をできるのが彼だけだとわかると、「私を見捨てないで」（二一章）という手紙を送ってよび戻す。さらに二度目に出ていくよう命じたオウクから「女一人、他に誰も農場を見てくれなくて、どうやって農場を続けていけるんですか？」といわれ、さらに、彼女の「農場経営が駄目になっていくのは見たくない」（二九章）し、また彼女のような考え方では上手くいかないと諭されると、それには素直に従う。つまりバスシバの農場の経営者は、事実上オウクであり、彼の存在なくして農場の切り盛りは不可能であることが、これ以上ないほど明白に示されているのである。

にも拘わらず、オウクの気持ちをまったく思いやることのないバスシバは、献身的な彼を常に利用し、自身はあたかも独立した女性として、農場経営者の地位に納まろうとしていたのである。

したがって、オウクが彼女との雇用契約の更新はしないと正式に通告書を送ってきた時、バスシバが泣き崩れるのは次のような理由である。「彼女は、報われることのないゲイブリエルの愛を所有することが、生涯の絶対的権利と考えるようになっていたために、彼自身の希望でこのように取り去られたことに、悲しみ傷ついたのであった」（五六章）。

引用が示すように、最終的にオウクの求愛に応じたのは、永久と考えていた彼の無償の愛による奉仕を巧みに利用して、彼女の農場経営を彼に任せることが、もはやできなくなったからである。前述した通り、彼が農場経営を担わなければ、女主人としての地位によって得た、虚構の自立性を失うばかりか、生きていくことさえ困難になってしまうからであった。

オウクとの再婚に至るまでのバスシバの言動により、彼女に対するヘンリー・ジェイムズの評価は、きわめて辛辣なものである。

この本の主な目的は、言葉でいい表せないほどの、ゲイブリエルのひたむきな情熱、彼が自身の時間を拘束し、彼を、彼の誠実さを、純朴さを、揺るぎない辛抱強さをさげすむ女性に対し、彼が思いもよらぬほど尽くすさまを描くことなのだろう。この点において、物語はかなり成功している。またゲイブリエルはある程度生き生きしている。しかし、バスシバには、理解を示すとも彼女を好きだともいうことはできない。彼女は取るに足らない、わがままで、血気盛んな若い女性である。このタイプの女主人公は、近頃大いに流行っているのだが、これはチャールズ・リード氏が、その創案者であるといっていいだろう――このタイプは、若い女性のもつ女性特有の性質を事細かに理解させることが狙いなのだ。(James 30–31)

なお、このような攻撃的ともいえるバスシバへの批判に対し、『はるか』における語りは、オウクに同情するよりもむしろバスシバを、「彼女の態度は、小屋から牧草地のある邸宅へと彼女の住まいを格上げした社会的出世のやむを得ない結果であったのだろう」(一〇章)として正当化している。

ところが、それ以上にここで留意すべき点は、バスシバに寄り添う語り手とは反対に、バスシバからオウクが受ける扱いに、村人が異議を唱えているということである。プアグラスは、バスシバがオウクを、彼に「ぴったりな」「地主代理にすべきだった」と発言し、「死んだ羊の皮さえもらえない」オウクに向かって、「ひどい扱われようだな、羊飼いさん」(一五章)という言葉を投げかけ、オウクに対するバスシバの待遇の不当さを指摘しているのである。

ハーディによる村人たちの描写に関しては、トマリンによる次の記述に注目したい。「教養ある読者を楽しませる目的で村人を描くことにより、彼自身の同郷者に対する背信行為の危険を冒すといった、危ない橋を渡っているのだ」(Tomalin 129)とハーディは認識していた、とトマリンは説明する。またハーディは、挿絵の中の村人たちを「面白く」はあってもただ「滑稽」にはならないように、また「一風変わって」はいても、「野卑」にならず「利口」(Tomalin 129)に見せるよう出版社に頼んでもいた。ともすればバスシバに肩入れしがちな語り手の見解と、客観的な視点をもつ村人のそれとを並列させることにより、ハーディは、作品の視点におけるバランスを保つことを意図したともいえよう。

四

この章では、『はるか』において主要な人物に関連する、ある別の重要な問題を取り上げたい。それは教育に関するものである。『はるか』を注意深く読み進めていくと、教育や知識に関して多くの言及がなされていることに気づくのである。伯母からも「とても綺麗」な上に「非常に学がある」（四章）と評されるバスシバは、オウクからプロポーズされた際、彼に向かって自分は「あなたより教育があるわ」（四章）という。さらには、オウクとの会話においてバスシバは、トロイを次のように擁護している。

「でもトロイ軍曹は、教育を受けている男性だから、どんな女性にだって十分ふさわしいわ。良家の出なの。」

「多くの兵士より教育水準が高くて高貴な生まれでも、奴が優れているってことには少しもなりませんよ。奴の人生が堕落していることの証明にはなっていますがね。」

「このことが、私たちの会話と何の関係があるのかわからないわ。トロイさんの人生は、まったく堕落していないわ。彼が優位に立っているっていうことが、優れている証明なのよ！」

（二九章）

注目したいのは、バスシバが強調するトロイの教育水準の高さよりも、むしろオウクによる反論の方だ。彼の反駁から明らかにされることは、その人の教育水準がどれほど高かろうが、それが人生に対して、さほど有利に作用していないということである。

このことに関連してジェーン・マティソンによる、ハーディの作品における教育への言及に注意を向けたい。

> ハーディの小説で提示される教育観は、一貫して暗いものである。受ける教育の質や、教育が受けられるかは、実力ではなく社会階級によって決まるので、労働者階級や、職人階級は不利な立場に置かれてしまう。教育によって社会的地位を向上させようという試みは、失敗に終わるか、あるいは環境、価値観そして伝統からの悲痛な逸脱という結果になる。形は異なれど、これは初期の作品では、ファンシー・デイ、スティーヴン・スミスそしてクリム・ヨーブライト、また晩年の小説ではグレイス・メルベリー、テスそしてジュードに共通する経験である。(Mattisson 188)

ハーディが教育に関して、常に否定的な見解を示していたという指摘は、実は、『はるか』においても同様にあてはまる。また「思想は肉体の病」(*RN* 109) であることを象徴するクリムやジュードと比べると印象は薄いが、トロイの受けた教育の成果がきわめてアイロニカルに語られていることとに注目すべきであろう。

彼は中流階級出身者としては、かなりの教育を受けた男だった――一兵士としては並外れて教育を受けていた。流暢に、途切れることなく話をした。このように彼は、あることを考えながら、別のことをすることができた。例えば愛を口にしながら食事のことを考えたり、ある女性に会うためにその夫を訪ねたり、しきりに金を払おうとしながらも出してもらうつもりであった。（二一五章）

要するに、同じ階級の中でも、珍しいほど教育の機会に恵まれていたトロイが獲得したものは、それに応じた地位や身分ではなく、いかさま師の腕前であったということだ。噂によればグラマー・スクールでは、「外国語を全部覚えてしまった」はずが、それをも活かせず「自分の天分を台無しにした」（二四章）トロイには、意外にもクリムとの共通点が見られる。クリムもまた、自身のもつ豊富な知識ゆえに、周囲から何か大物になることを期待されていたからだ。さらにいえば、オウクが主張するように、トロイの受けた教育の高さと生活能力の高さには何ら関係がなく、むしろ反比例しているのだということは、クリムにもいえることなのである。

五

では、バスシバ、トロイ、そしてボールドウッドとは異なり、高い教育を受けなかったオウクは、どのように描かれているのだろうか。羊飼いではなく地主代理を務めるべきだったと、オウクに同情するプアグラスは、「お前さんが、珍しいくらい善良で頭が良い人だと聞いているよ、羊飼いさん」、「頭が良いのは、すごいことだよ、本当に」（一五章）と発言し、立派な人物であるとして、彼を高く評価している。実際、バスシバ、トロイ、ボールドウッドの中の誰よりも、農場管理において的確な判断力と行動力を示している。さらにオウクによって習得された知識が、次のように記されていることに注目すべきだろう。

彼は、ノークームから二、三の道具や書物をもってくる計画も考えていた。『青年の最善の友』、『信頼できる蹄鉄工入門書』、『家畜専門外科医』、『失楽園』、『天路歴程』、『ロビンソン・クルーソー』、アッシュ著『英語辞典』ウォーキンガム著『算術』が彼の蔵書である。限られてはいたが精を出して読むことで、それらの書物から、機会に恵まれた多くの人々が、本棚にずらりと並んだ書物から得る以上の健全な知識を、彼は身につけていたのである。（八章）

この引用の中で、最も重要であると考えられるのは、主に実用書や宗教関係の書から得た彼の知識が「健全な」ものと表現されている点である。この「健全な」という言葉は、オウクに関して他の場面でも使われている。例えば、オウクは「仕事日には、健全な判断力をもち、ゆったりした動作と、適切な服装をした、概して善良な若者」（一章）であり、バスシバ自身、ゲイブリエルの見解を、この教区内では彼女のもの「より健全な」（二〇章）見解であると考えて、彼に意見を求めているという具合である。

主な登場人物の中でオウクにのみ付与されるこの健全さこそが、彼を他の主要人物と分かつものとなっている。バスシバ、ボールドウッド、トロイのいずれも、オウクより学がありながら、情熱という名の激しい衝動を前にして彼らは無力であり、その衝動をコントロールすることはできない。彼らと比較して、教育をさほど受けていないとされるオウクは、ダレスキも指摘しているように「自己抑制の見本」(Daleski 63) であり、バスシバを取り巻く三人の男性の中で唯一、自然を観察することで嵐を予兆できたために、愛するバスシバの農場を守って、彼女の生活を支えることができる。要するに、『はるか』において健全さとは、生きていくために最も重要な生活能力であり、思わぬ事態に直面しようと、衝動に駆られることなく、自身の社会で地に足をつけて対処していくために必要不可欠なものなのである。

さらにオウクの健全さは、彼の祈り、つまり信仰にも反映されているということに注意を向けたい。死んだファニーが、トロイの子を身ごもっていたのではないかという恐怖で気が狂わんばかりのバスシバは、救いを求めてオウクの住居に向かう。そこでオウクがひざまずき、静かに就寝前の祈りをささげる姿を目の当たりにして、彼には存在する心の安らぎが、彼女には得られないものであることを痛感する（四三章）。またトロイは、ファニーの墓の周囲に、彼自らが植えた草花が全て、一晩にして大雨で流されてしまったことを知る。初めて本気で取り組んだ作業が無残な結果となり、彼はそれを、自身に対する神のあざけりであると感じる（四六章）。そしてボールドウッドは、愛するバスシバがトロイと結婚したことを、神の残酷な仕打ちと捉え、「死んだ方がましだ！」（三八章）と嘆く。ここで、彼ら三人に共通しているのは、神に対する絶望である。苦しむ彼らは共に、神によって救われることはないのだと考えているのである。彼らとは対照的に、実に数々の苦難に耐えてきたオウクは、最終的にバスシバと結ばれ、ボールドウッドの農場まで手に入れ、彼自身の社会的地位をも向上させる。

教育をもたない者が、健全であって、常に困難に対処する力をもち、教育をもつ者が、正気を失い、苦しみから救われる機会を奪われるというのであれば、それは強烈なアイロニーに他ならない。ローズマリー・モーガンによれば、マニュスクリプトとその後の改変の中にオウクのものが非常に少ないとのことである (Morgan 66)。そうであるとするならば、結局のところ『はるか』では、ハーディの読者に伝えたいと望む核心部分は守られているといってよいのではないだろうか。

六

以上、物語の結末のあり方を中心に『はるか』を考察してきた。その結果、本作品には、愛における性質の複雑さ、そして人間が本来もつ激しい衝動の抑制における難しさ、また教育や知識の有用性への懐疑といった、多くのテーマが内に潜んでいることが明らかになる。ただし、『帰郷』や『ダーバヴィル家のテス』あるいは『日陰者ジュード』といった、明確に悲劇とされる小説の中で示されるような描き方とは異なり、あくまで作品そのものとしてはハッピーエンドという形を取っている。

すでに本稿冒頭で述べた通り、執筆過程においてハーディは、自身の作品を読者に受け入れられるために数々の苦労を強いられた。しかしながら彼は、スティーヴンによる甚だ不本意な要求にも応じつつ、のちの作品において明確に描かれることになる、社会に存在する諸々の不安要素を、見かけ上は、牧歌的で幸福な結末の中に組み込んだのである。『はるか』の中では、高い教育を受けたトロイやボールドウッドが、人生において敗北したり破滅したりする一方、教育のレベルでは劣るとされたオウクが、人生において成功する様を描くことで、ハーディは、教育に対する自身の懐疑を示しているが、実はそれだけにとどまらない。蓄積した教育や知識を一瞬にして無益化してしまうほどの、情熱が示す破壊力の脅威をも同時に示しているのである。

また『はるか』においては、宗教についてもかなり踏み込んでいるといえる。先に述べた通り、悔恨を示す機会でさえ、神によって否定されたと感じるトロイ、神の無慈悲を嘆くボールドウッド、そして祈りによる救いを得られないバスシバ、いずれも神の恩寵を実感できない。『はるか』の雑誌掲載当時、すでにチャールズ・ダーウィンの『種の起源』が出版されており、この書が「宗教的懐疑を引き起こしたわけでも決してなかった」（オールティック　二四六）としても、「宗教的信仰がその基礎に置いていた過去の神話を徹底的に破壊した」（オールティック　二四九）科学の進歩と共に、ハーディや同時代の人々に、ある意味で否定的な影響を及ぼしたことは間違いないであろうし、またハーディが、そのような当時の宗教に関連した重大な問題を、作品に反映させることを切望したであろうことは想像に難くない。

さらにハーディは、バスシバとトロイの愛において、破滅と同時に、活気をもたらすような情熱を、実に鮮やかに示している。そうすることで情熱を明確に肯定的なものとして描き、その激しい性質と、人間がどのように折り合いをつけてこの社会で生きていくべきであるのかという問題提起をも行ったのである。

作家としての成功をおさめた『はるか』以降の作品でハーディは、一九世紀当時、社会階級の流動性や教育制度の改革により、やがて下の階層まで教育が普及するようになった状況を背景に、教育問題をより一層正面から取り上げるようになる。結果、自身の豊富な知識を誇りとするがゆえに、思想に蝕まれるクリムや、教育という手段を通して、知的上流階級に受け入れられようと、苦しみもがくジュードが、作品の主人公として登場する。

繰り返すようにハーディは、『帰郷』や『テス』もしくは『ジュード』のような悲劇小説に描かれる諸々の問題を、悲劇ではない小説でも同様に示唆した。このことこそが、ハーディの比類なき力量を示している。さらに『はるか』には、当時勢いをもっていた福音主義者の読者たちを、表面上のプロットによって喜ばせようとする工夫もふんだんに見られる。男性の主人公であるオウクの職業は、旧約聖書に登場するダビデの子どもの頃の職業と同じ羊飼いである。そしてオウクは、バスシバのイニシャルが尻に刻印された羊たちを、心を込めて大事に育て（一五章）、ダビデの妻と同じ名をもち、羊たちの所有者でもあるバスシバを、最後には妻に迎えることになる。聖書を「この上なく文字通りに解釈」（オールティック　一七〇―一七一）する福音主義者の読者たちは、そのように聖書の中のエピソードを彷彿させる粋なプロットに満足したはずだ。編集長の度重なる要求をのみ、読者を楽しませることに腐心しながらも、その後の作品では、積極的に取り上げられる諸々の問題を、さりげなく、しかし確実に自身の主張として組み込んだハーディの手腕は、実にみごとだという他はない。

引用文献

Daleski, Hillel Matthew. *Thomas Hardy and Paradoxes of Love*. Missouri: Missouri UP, 1997.
Hardy, Florence Emily. *The Life of Thomas Hardy 1840–1928*. London: Macmilan, 1962.

Hardy, Thomas. *The Return of the Native*. Ed. James Gindin. New York: W.W.Norton & Company, 1969.

James, Henry. *The Nation*. 24 Dec. 1874. *Thomas Hardy: The Critical Heritage*. Ed. R. G. Cox. London: Routledge & Kegan Paul, 1970. 27–31.

Mattisson, Jane. "Education and Social Class." *Thomas Hardy in Context*. Ed. Phillip Mallett. Cambridge: Cambridge UP, 2013. 188–197.

Morgan, Rosemarie. *Cancelled Words: Rediscovering Thomas Hardy*. London: Routledge, 1992.

Tomalin, Claire. *Thomas Hardy*. London: Penguin, 2006.

リチャード・D・オールティック『ヴィクトリア朝の人と思想』、要田圭治・大嶋浩・田中孝信訳、音羽書房鶴見書店、一九九八年。

第九章　『はるか群衆を離れて』にみるハーディの国際感覚
――登場人物たちの人間模様に描出されたイギリスとフランスの相克――

橋本　史帆

一

『はるか群衆を離れて』は、トマス・ハーディが、二作目の小説『緑樹の陰で』においてみせた自然描写のみごとさを高く評価した『コーンヒル・マガジン』の編集者レズリー・スティーヴンの依頼により執筆された作品である。『トマス・ハーディの生涯』によると、執筆を依頼されたハーディは、「『はるか群衆を離れて』というタイトルで、牧歌的な物語を創作することを考えていた」(F. E. Hardy 95) ということである。したがって、一八七四年一月から『コーンヒル・マガジン』に連載された同作品は、自然豊かなウェザーベリー村を舞台に、主人公の羊飼いゲイブリエル・オウクの高邁な精神性と、彼が働く農場の女主人バスシバ・エヴァディーンに対する彼の献身的な愛を描いた、素朴で当時の道徳的規範に基づいたパストラル色の濃い一編となった。

『はるか群衆を離れて』というタイトルは、当時の教養ある人々にはよく知られていた一八世紀の詩人トマス・グレイが、一七五一年に発表した「田舎の墓地で詠んだ挽歌」の詩行から借用したものであった。

あさましく争い狂う群衆を離れて、
彼らの真摯な願いは道から外れることはなかった。
穏やかで、辺鄙な人生の谷に
彼らは静かな人生の航路を守ったのだ。(Gray 73–76)

この詩全体は、人間の欲望や醜い生存競争が繰り広げられている都会から離れた、農民の諦念と農村社会の安寧をうたったエレジーである。ある農村を訪れた詩人はそこにある粗末な墓を見て、そこで眠る名もなき農民たちが貧しさのため、あるいは好機に恵まれなかったことから、名誉や富を得ることができなかったことに同情の念を吐露している。その一方で、詩人はそのような農民たちの素朴な一生もまた尊いものだと敬意を払っている。引用詩行の一行目から取られたこの小説のタイトルは、農村に住む民衆の生き様を描こうとするハーディの意図を、まるでこの小説のエピグラフでもあるかのように明らかにしている。

しかしここで浮かんでくるのは、『はるか』は果たして農村世界を単純に描いただけの牧歌的な小説として読むだけでいいのかという疑問である。例えば、作中に登場するイギリス人兵士フランシス・トロイの出自を辿ると、彼はフランス系の人物として造型されており、そのような彼には、ハーディが読み取った同時代のイギリス人が持っていたフランスに対する見方や感情が反映されているものと思われる。

本論文ではこのような観点に立って、ウェザーベリーがどのような村であり、そこに住むバスシバがどのような存在であるか考察する。次に、彼女が惚れ込むトロイの人物像に迫り、トロイの出自を明らかにすることで、彼がフランスを連想させるような人物であることを検証する。さらに、トロイとオウクがウェザーベリー・アパー・ファームと呼ばれる農場に対して示す態度に着目し、農場の実権を持つことの意味について考えていく。そして最後に、これらの登場人物たちによってウェザーベリーの地で繰り広げられる人間ドラマが、イギリスとフランスの国際的関わりにおいて、どのように小説化されているかを探っていく。

二

ハーディは、自身の出身地ドーセット州とその周辺地域を自作の小説群の中で、中世のイングランド南部にあった「ウェセックス王国」にちなみ、「ウェセックス」と名づけた。そして彼は、故郷の自然やそこに住む人々の生活や文化を、その「ウェセックス」の世界に反映させて、小説世界を構築した。そのような「ウェセックス」の中にあるウェザーベリーは、ドーチェスター北東部にあるパドルタウン村をモデルにした村とされている。ウェザーベリー村が豊かで繁栄しているように描出されている点から、小説の時代設定は、イギリス農業の繁栄期にあたる一九世紀半ば頃と考えられる。この村には、バスシバが管理するウェザーベリー・アパー・ファームと、裕福な農場主ウィリアム・ボールドウッドが管理するリトル・ウェザーベリー・ファームという二つの農場があり、バスシバの農場の羊飼いで、後に土地代理人に昇進するオウクをはじめ、各農場で働く農業労働者たちなどが生活している。ウェザーベリーでは季節の変化に応じて、羊の出産の世話、羊洗い、干し草刈りや、大麦小麦の収穫といった作業が行われている。さらにまた、この村には、聖書とカギによる占いや、羊毛刈りや収穫を祝う祭など、昔からの伝統や習慣が未だに受け継がれている。中でも、バスシバが管理する農場の敷地にある大きな納屋についてみていくと、それは四世紀もの間、羊の剪毛のために使用されてきた建物である。納屋はその目的と機能を何世紀にも渡って変わることなく保持し続けており、そこでは過去と現在が調和し、時間が凝縮されているのである（鮎沢　八六）。

バスシバが所有する納屋が時代を超えた不変性を有しているのと同じように、ウェザーベリーもまた、悠久の時の流れの中にある村である。

都会に比べて、ウェザーベリーは恒常不変であった。都会の人たちの「あの時」が、田舎の人たちには「今」なのである。ロンドンでは二、三〇年前は一昔であり、パリでは一〇年か五年が一昔であった。ウェザーベリーでは六〇年か八〇年は単なる現在に含まれていて、一世紀も経たないものは、どんなものもその表面と風格には表れ出てこないのであった。五〇年経っても、ゲートルの断ち方や野良着の縫い取り法は、ほんの髪の毛一本ほども変わらなかった。何世代が過ぎても、たった一つの言葉の言い回しさえ変わることはなかった。（二二章）

都会と比較すると、ウェザーベリーでは時間がゆっくりと流れているのである。そして、村人たちの暮らしは昔ながらの慣習に根差したものであり、彼らの仕事もまた自然の理法に逆らわないものである。このようなところから、総じてウェザーベリーは、古い昔のイングランドにみられた要素を多分に留めている村であると言えよう。

バスシバの農場には数十人の従業員が働いていることから、この農場は村の人々の暮らしを支える経済的に重要な場所の一つと言うことができる。次に、そのような農場の女主人であるバスシバという登場人物の人物像について検討していく。

バスシバは作中、ウェザーベリー村から離れたところにある町で仕立て屋を営む両親のもと、比較的裕福な暮らしを送り、ある程度の教育を身につけた女性とされている。両親が亡くなった後、彼女がどのように暮らしていたかは明記されていないが、ウェザーベリーからかなり離れたノークームにある伯母の農場で働いた後、ウェザーベリー・アパー・ファームの主人であった伯父が亡くなったのをきっかけに、その農場を引き継ぐことになった。バスシバは結婚に消極的で、自立心あふれる女性である。オウクがノークームの農場で働いていたバスシバに一目惚れし、彼女に結婚の意志を伝える。しかし、これに対して彼女は、「私が思うのは、もし旦那様というものを持たないで花嫁になれるなら、結婚式で花嫁になっても構わないということなんです」（四章）と言って、オウクのプロポーズをやんわりと断っている。また作中で、「私はそんな風に男の方の持ち物みたいに思われたくないんです」（四章）と語るバスシバは、男性に従属することを拒否する言葉を口にしている。バスシバが、女性は夫に従うべきという女性観や人が結婚することを当たり前と考える昔ながらの結婚観にとらわれない人物であることは、農場主としての彼女の生き生きとした仕事ぶりからも想像がつく。農場の新しい女主人としてやってきた彼女は、従業員ひとりひとりの仕事を評価し、それに見合った給料を与える。穀物市場で取引を行うバスシバは、「値段について話し合う時には、卸売業者として当然のことながら、しっかりと自分自身の決めた値段を守り抜く」（一二章）とあるように、優れたビジネス感覚を持っており、「穀物市場の女王」（二六章）と呼ばれている。仲間への気配りも忘れない彼女は、自宅から姿を消した下働きのファニー・ロビンの行方を心配したり、収穫した小麦を火事から救った村人たちの努力をねぎらうこともしている。このようなバスシバの言動を見て、農場の従業員たちは彼女を分別のある頭の良い女性と評し、農場を切り盛りするバスシバを気遣い、彼女に対して協力的な姿勢をみせている。バスシバはウェザーベリーの外からやってきたよそ者ではあるものの、彼女は農場の人々から敬愛され、農場主として認められ、受け入れられているのである。ハーディがこの小説を執筆していた頃のイギリスには、メアリ・ウルストンクラフトが著した『女性の権利の擁護』が注目を浴びて、女性の地位向上を求めたり、男性と対等の権利を獲得することを目指したフェミニズム運動が台頭してきた。そして、世相的にこの気運が胎動する中で、作中のバスシバの言動を読み解くと、そこにはこの新しい女性観が反映されているのである。

以上の分析から、「穀物市場の女王」と呼ばれるバスシバの農場経営は、「国家経営や企業経営のミニチュア」（福岡　三二）ととらえることができる。そして、男勝りの農場主としてその能力をいかんなく発揮するバスシバは、イングランドの縮図と見立てられるウェザーベリーの中心的人物であると言える。

三

バスシバは結婚には無関心であり、女主人として農場を運営することに生きがいを感じている。しかしそのような彼女は、村近くに駐屯しているイギリス軍の部隊に所属する軍曹トロイと出会い、恋に落ち、それまでの彼女の言動に反するると思われるのであるが、唐突に彼と結婚してしまう。それでは、トロイは作中においてどのような人物として読むことができるのだろうか。

トロイは両親が亡くなった後、人から紹介された職を辞め、新しい仕事につくが長続きせず、職を転々と変えていく人物である。結局、入隊することに決めた彼は、イギリス軍の第一一竜騎兵近衛連隊に属する一兵卒として、ウェザーベリー村近くに駐屯することになる。トロイはこの村にやってくる前、バスシバの屋敷で下働きをしていたファニーと恋仲になり、彼女と結婚する約束をしていた。しかし、ファニーが式を挙げる教会を間違えて、遅刻してきたことに怒った彼は、冷酷にも彼女との結婚をないことにしてしまう。そして、間もなくして彼は、林の中で偶然出会って、言葉を交わしたバスシバを口説いたことをきっかけに、彼女と親密になって結婚し、除隊した後は、彼女に代わってウェザーベリー・アパー・ファームの農場主となる。

トロイの暮らしぶりには、農作業に精を出し、仲間を思いやる村人たちのそれとは大いに異なるところがある。バスシバと結婚した後、酒やギャンブルに溺れる自堕落な生活を送る彼は、この意味において村人たちとは対立する存在であり、土地の風習や秩序を乱しているという点で、田舎と対立する「都会的な」人物であると評されてきた (Squires 128)。(1) 一方、イアン・グレガーは、トロイがウェザーベリーで生まれ育っている点に着目し、彼を「内部の人たち」(Gregor 57) の一人だとしている。

ここで注目したいのは、テクストの中に書き込まれた彼の両親についての記述である。この小説は『コーンヒル・マガジン』に連載された後、一八七四年一一月にスミス・エルダー社から二巻本として出版され、一八七七年に、同社によって一巻本が売り出されている。(2) その後、一部の表現が改められた形でこの小説はいくつかの出版社から出され、一九一二年にはマクミラン社からウェセックス版が、そして一九七五年には同社からニュー・ウェセックス版が出版されている。トロイの出生については、小説が雑誌から一巻本として出されるまでの間に、いくつかの書き換えが行われている。雑誌に掲載されたテクストでは、トロイはフランス人家庭教師の母親と、ある身分の高いイギリス人の父親との間に生まれた子供とされている。しかし、トロイの母親は彼の実の父親ではなく、貧しい医者と結婚したと記されており、トロイの実の父親が誰かは明記されていない。[3]ところが、一巻本から後のテクストの場合、トロイは亡きイギリス人貴族であるセヴァン卿を父に持ち、彼の母はパリ出身のフランス人家庭教師とされている。そして、二人は「人目を忍ぶ関係」（一五章）にあったが、後にトロイの母となる女性はセヴァン卿ではなく、貧しい医者と結婚し、まもなくセヴァン卿との間にできたトロイを産んだとなっている。ここで、小説が雑誌に連載された時から、トロイの母親がフランス人とされていることに着目すると、トロイはフランス人の血を引いた登場人物ということになる。そして、血筋の点を考慮すれば、ウェザーベリーにとってトロイは厳密に言えば「内部の人たち」の一人ではなく、半分フランス人の血を引くという意味で「外部の人」であり、この点でイギリスとフランスの両方の属性を合わせ持っていると言うことができる。

　しかし、トロイがイギリスよりもフランスの属性の方を多分に持ち合わせている人物であることは、彼がバスシバに愛を告白する二六章のある場面から読み取ることができる。ウェザーベリー・アパー・ファーム近くの林でバスシバと出会ってから間もなくして、トロイは彼女の農場で行われている干し草刈りの現場に突然、姿を現す。そして彼は、それまでにバスシバの美しさを繰り返し褒めそやしたことが功を奏して、彼女の気持ちが自分に傾いていることに気づく。この後彼は、作中ではカッコの中に入れられているのだが、「（私の母親はパリジェンヌでした）」（二六章）と彼女に告げ、次にバスシバに向かって、「フランス語は読めますか?」と尋ねる。そして、まるでフランス語に堪能であるかのような口ぶりで、トロイはバスシバに対して、彼女が自分のことを愛しているのに、わざとつれなくしていることを暗示させる「十分に愛しているのであれば、十分に厳しくしなさい」というフランス語のことわざを口にしてみせたりする。そして、亡き父親以上にバスシバのことを愛していると伝え、父親の形見である時計を彼女に渡す。こうしてバスシバは、フランス語を操ってみせたトロイのドン・ファン振りに魅せられ、誰に相談することもなくトロイと結婚することを決断する。二人の結婚祝いを兼ねて、農作物の収穫を祝うパーティーが開かれる場面が描かれた三六章では、オウクが空模様から暴風雨の前兆を察知し、農場に莫大な利益をもたらす収穫したばかりの小麦を守るようトロイに進言する。しかし、トロイは彼の警告に耳を傾けることはない。トロイはブランデーの水割りを飲んで酔いだすと、自分がすすめる酒を飲まなければ解雇すると従業員たちを脅して、彼らに飲みなれないブランデーを飲ませ、従業員たちと共に寝込んでしまう。ここで彼が強要したブランデーとは、ワインを蒸留した後、樽に入れて熟成させたものである。当時、ブランデーはワインの生産国として名高いフランスで製造された後、イギリスに輸出されており、それはフランスを象徴する飲み物であった。このように、フランス人の血を半分しか引いていないとはいうものの、トロイのバスシバや農場の人々に対する立ち居振る舞いからみて、トロイはフランスの属性を多分に備えている点で、フランスを具現化している人物として読むことができるのである。

四

本節では、バスシバを愛するトロイとオウクが、それぞれが何らかの関わりを持っている農場に対して、どのような発言を行い、どのような行動を取っているか明らかにしていく。

バスシバとの結婚を機に除隊したトロイは、ウェザーベリー・アパー・ファームの所有者となるが、様々な問題を引き起こすようになっていく。先述したように、トロイはバスシバとの結婚と農作物の収穫を祝うパーティーで酔い潰れてしまう。そして、農作物を嵐から守る作業を怠った彼は、農場を危機にさらしてしまう。トロイはまた、農場経営で稼いだ金を競馬につぎ込み、バスシバを困惑させる。人々から、「彼がきてからは、ウェザーベリーにはろくでもないことばかり起こっている」（五三章）と批判されるトロイは、羊の世話や農業を生業とするウェザーベリーの人々の平穏な暮らしを脅かす、農村社会の破壊者である。

ここで、本論の三で述べたように、トロイがフランスの属性を持っている点に着目すると、彼の農場と、そこで働く人々とバスシバに対する彼の不誠実な言動は、新たな角度から読み直さなければならないことになる。そして、この点を追究するためには、一九世紀のイギリスとフランスの国際事情についてみていかなければならない。

イギリスとフランスは、一六八九年に始まった九年戦争から一八一五年にイギリスの勝利で終わるナポレオン戦争までの間、ヨーロッパにおける覇権と王位継承権、そして植民地の争奪を巡って、ヨーロッパ、北アメリカなどの地で、総じて第二次百年戦争と呼ばれる戦争状態にあった。ナポレオン戦争後の約四〇年間、イギリスが関わった戦争はヨーロッパ以外の地域で行われたものであったため、イギリス人は国内的には比較的平穏に過ごすことができた。しかし、ヴィクトリア朝時代に入っても、フランスは依然としてイギリスの人々の平穏な生活を脅かす国とみられていた。一八四〇年代あたりから、一部の政治家や軍事専門家が、蒸気船が発明されたことにより、英仏海峡の持っていた国防力としての意味が弱まったことを懸念し、軍備の再編成の必要性を強調するようになる（丹治　三八）。一八五二年にフランス第二帝政が誕生し、ナポレオン三世が政権の座につくと、彼の存在はイギリス国民にとって、ナポレオン戦争時代のフランスによるイギリス侵攻の恐怖を思い起こさせるものとなった。例えば、『エコノミスト』の編集長であったウォルター・バジョットは、『インクワイアラー』によせた手紙の中で、当時のフランス政権によって、ナポレオンによる侵略の危機が再びイギリスにもたらされるかもしれないと記し、フランスの存在を危惧している（Bagehot 36）。さらにまた一八七〇年になると、フランスとプロシアの間で普仏戦争が始まる。イギリス国内には、強力な国力を持つようになったプロシアと戦うフランスに同情を示す意見さえ出てくる。その一方で、社会思想家で経済学者であったジョン・スチュアート・ミルのように、ナポレオン三世がプロシアに勝利した場合、フランスがイギリスを攻撃する可能性が高まることを指摘し、徴兵制度や民兵制度を導入することに賛同する者もいた（Mill 1760–1806）。ナポレオン戦争が終った後も、イギリス人は継続的にフランスに恐怖心を抱いていたのである。

以上の歴史的経緯に基づくと、フランスの属性を備えたトロイが、ウェザーベリー・アパー・ファームと、バスシバとそこで働く人々に対して取った行動は、イギリスとフランスの国際関係に読み替えることができる。トロイはバスシバとの結婚を通して、イングランドの縮図とされるウェザーベリー村にある農場を手に入れ、そこを管理するようになっていった。そして、間もなくして彼は、ブランデーの水割りを従業員たちに飲ませて農場経営をないがしろに、それを破滅させるような行動を取ったのは前述したとおりである。したがって、トロイのバスシバと農場に対する振る舞いは、政治的に緊張状態にあったフランスによるイギリス侵略を思い起こさせるものと言えよう。さらにまた、一〇六六年、イングランド南部のヘイスティングズ近郊で、フランス・ノルマンディー公国のノルマンディー公ギヨームがウェセックス王朝のエドワード懺悔王の義弟ハロルド二世と戦って勝利し、イングランド征服を成し遂げた歴史的事実を考慮すると、村でのトロイの言動はいわば、小さな「ノルマン征服」に通じるものがあると言えよう。

これに対し、オウクはバスシバに思いを寄せ続け、彼女の農場を度重なる窮状から救い、村の経済的安定を図り、その繁栄に尽力する人物である。彼はかつて、ノークームで羊を飼う小さな牧場主であったが、飼っていた羊が崖から転落し、そのほとんどを失うという災難に見舞われる。この後、たまたま通りかかったバスシバの農場で起きた火事の延焼を食い止めたことから、そこの羊飼いとして雇われることになった。オウクは、農作物や家畜の管理に臨機応変に対応できる知恵と技術力を持っていたことから、バスシバや村人たちから信頼されるようになっていく。トロイとバスシバの結婚と作物の収穫を祝うパーティーの場面では、オウクは誰よりも早く嵐が迫っていることに気づく。そして、酒を飲んで寝込んでしまったトロイと農場の従業員たちを見た彼は、刈り取った小麦がもたらす利益と、それを失った場合の損失額を計算し、速やかに収穫物に防水布をかけて、作物を嵐によって受ける損害から守る。オウクの経歴から考えて、彼はバスシバ同様に村にとっては部外者である。しかし彼は、農場が直面する問題を解決し、バスシバの農場を損失から救うことに成功する。これはまた、オウクの知識と行動力により、ウェザーベリー・アパー・ファームによって経済的に支えられていた村が、その危機的状況から脱したことも意味しているのである。

一方で、トロイに代わってオウクが嵐から収穫物を死守した場面を、イギリスとフランスの国家的対立という視点から解釈すると、オウクと、彼によって救われる農場と村の構図に新たな読みが付与される。オウクという人名は、言うまでもなく森の王様と呼ばれ、イングランドを象徴している「オーク」の木のことである。そして、「オーク」が持ついかつさや力強さは、頑固で粘り強いイングランド人の性格を表している (Milward 39)。さらにまた、一六六〇年の王政復古時に戴冠したチャールズ二世が皇太子であった頃、ピューリタン革命の最中である一六五一年に行われたウスターの戦いに敗れた時、敵である議会派軍の追手をやり過ごすために「オーク」の木に一晩中、身を隠したと言われている。そして、チャールズの命を救ったその木は、その後、「ロイヤル・オーク」と呼ばれた。「オーク」の木に込められた意味合いと歴史をオウクという登場人物に重ね合わせて考えると、彼がトロイの無知と怠慢によって失われかけていた、バスシバや村人たちの仕事と暮らしを守ろうと奮闘する姿や、彼の努力によって守られる農場と村は、フランスと政治的に対立し、それとの抗争に巻き込まれながらも、フランスの脅威を免れたイギリスに読み替えることができるのである。

五

バスシバを愛するトロイとオウクの二人は、経済的に村を支えるウェザーベリー・アパー・ファームに対して、それぞれ異なる態度を示した。ここでは、ボールドウッドによるトロイ射殺事件によって未亡人になったバスシバのオウクとの再婚を通じて、村にある農場の実権の行方を巡って論を展開する。

村にあるもう一つの農場リトル・ウェザーベリー・ファームの主人ボールドウッドは、バスシバに魅了され、彼女との結婚を望んでいたものの、バスシバとトロイが結婚してしまうと、失意の日々を送るようになる。一方で、バスシバと結婚して間もなく、トロイは元恋人ファニーが自分の赤ん坊を産んで亡くなったことを知り、ファニーをまだ愛していると言ってバスシバの元を去ってしまう。数日後、海岸に脱ぎ捨てたトロイの服が見つかったことから、人々は彼が海で溺死したと思い込み、この知らせを受けたボールドウッドは、夫を亡くしたバスシバと再婚できると考えるようになる。ところが、ボールドウッドが村の人々を屋敷に招いて開いたクリスマス・イヴを祝うパーティーに、突然、溺死したと思われていたトロイが姿を現す。すると、これを見たボールドウッドはバスシバとの結婚が叶わなくなると直感し、近くにあった猟銃を手に取り、トロイを撃ち殺すという暴挙に出る。ボールドウッドはこの事件により殺人の容疑で逮捕され、裁判で無期懲役の刑を受け、村を去ることになる。一方、トロイとの不幸な結婚生活と彼の死を経験したバスシバは、数々の困難に直面する彼女を援助し続けてきたオウクを「忠実な助言者」（五六章）として認めるようになる。こうして彼女の信頼と好意を獲得していったオウクは、トロイの死から約一年経った頃、バスシバと結婚し、ウェザーベリー・アパー・ファームの新しい主人となる。彼はまた、無期懲役の刑に服したボールドウッドの農場も管理することになり、経済的・社会的に村の中心的人物になっていくのである。一方、オウクとの結婚は、村を経済的に支えてきたバスシバの役割が終わったことを意味している。つまりこの小説では、フェミニズム運動が目指すところの女性像を具現していた彼女が、従来男性のものとみなされてきたリーダーとしての役目を最後まで果たすことはできないように描かれているのである。

　フランス人の血を引くトロイが亡くなり、イギリス人オウクがトロイに取って代わるという結末には、どのような意味が込められているのだろうか。バスシバとトロイの結婚に反対し、バスシバの身を案じていた農場で働く人々は、バスシバがオウクとの結婚を決めたことを知って喜ぶ。小説の五七章には、村の人々が、彼らによって構成されたウェザーベリー音楽隊の音楽にのせて、教会で結婚式を挙げて自宅に戻って来たバスシバとオウクを、歌い踊りながら祝福する場面が描かれている。この時、音楽隊が使用する太鼓やクラリネット、タンバリンなどの楽器は、「マルボロ公の戦勝」（五七章）を祝った時に使われたものとされている。一七〇一年に始まったスペイン継承戦争では、スペインの王位継承権を巡って、イギリスとオーストリアなどがフランスやスペインなどの国々を相手に戦い、前者が勝利した。「マルボロ公の戦勝」は、アン女王によって軍総司令官に任命され、女王の篤い信頼を得たマルボロ公ジョン・チャーチルが、大陸遠征中に収めた勝利のことを指している。マルボロ公は、一七〇四年にドナウ河畔にあるブレンハイムでの戦い、一七〇六年にネーデルラントのラミリーで行われた戦い、一七〇八年にスヘルデ川北岸にあるアウデナールデにおける戦い、そして一七〇九年のフランス・マルプラケでの戦いで勝利した。一八一三年にイギリスの桂冠詩人となったロバート・サウジーは、ブレンハイムでの戦闘を題材にした反戦詩「ブレンハイムの戦い」を一七九六年に発表した。その中でサウジーは、市民を巻き込んだ戦いの悲惨さをうたっているが、マルボロ公が勝利を重ねた戦地では、数万人の死傷者が出るほど人的被害が甚大であった。しかし、いずれの戦いにおいてもフランス軍を破った「マルボロ公の戦勝」により、イギリスはヨーロッパにおける主要国としての地位を確立した。そして、これらの戦いの後、フランス軍は防戦にまわるようになっていったのである。そうなると、村人たちが、そのフランス軍を破り、イギリスがヨーロッパにおける覇権を手に入れた「マルボロ公の戦勝」を称えた音楽を奏した楽器によって、トロイの死後、結婚することになったバスシバとオウクを祝福する場面には、イギリスはフランスに勝利したのだという当時の愛国心が暗に仄めかされていると解することができるだろう。ハーディは、フランスに対する敵対心を露わにした作家ではない。しかし、同時代のイギリスとフランスの相克を念頭に入れると、ハーディはイギリス人の対フランス意識を読み取り、それを若い二人の結婚を祝う村人たちの場面に投影したと考えられる。そしてここに、ハーディの国際感覚が表明されているものと思われるのである。

六

以上から、昔ながらの風習を踏襲しているウェザーベリー村は、イギリスとフランスのいわば代理戦争の場となっていることが明らかとなった。そして、ウェザーベリー・アパー・ファームを経営する有能なバスシバは、村の住民たちの暮らしを支える農場主であった。しかし、バスシバが恋するトロイがフランス人の血を引いていることがわかり、そのうえ、フランス語が堪能で、立ち居振る舞いにおいてフランスを気取っており、フランスを想起させる登場人物として読むことができたのである。この点を踏まえて農場主であるバスシバを巡るオウクとトロイの三角関係を国際的勢力分布図からみると、それは、同時代のイギリスとフランスの国際的対立のレベルまで拡大して読み広げることができるのであった。そしてまた、バスシバとトロイの結婚が短期間で破綻し、トロイがボールドウッドによって射殺された後、バスシバがオウクと再婚することになるという結末は、当時のイギリス人読者に、対フランス感情という点で、ある種のカタルシスを与えたのではないだろうか。

このようなところから、『はるか』は単に農村社会で起きる牧歌的な出来事をつづった作品ではなく、当時のイギリス国民が持っていた対フランス意識を絡めた世界が組み込まれていた小説と言えよう。つまり、『はるか』という小説には、ウェザーベリー村で展開されたオウクとトロイの恋愛模様や、トロイの死とバスシバとオウクの結婚を通じて、イギリスとフランスの対立に由来する、フランスに対する脅威と反感とイギリスの繁栄への期待が描き込まれていたと言うことができるのである。

注

(1) トロイを都会的な人物とみる見方としてはその他に、マリーン・スプリンガーをあげることができる。スプリンガーは、「トロイは軍人の雰囲気を漂わせた退廃的な都会性をあらわしている」(Springer 56) と指摘している。

(2) 小説が一巻本として出版されるまでの経緯については、ローズマリー・モーガンとシャノン・ラッセルが、ペンギン・クラシックス版で詳しく説明している (Morgan and Russell, A Note on the History of the Text xxxv)。

(3) この点については、ペンギン・クラシックス版の注を参照されたい (Morgan and Russell, Notes 367, 375)。

引用文献

Bagehot, Walter. *The Collected Works of Walter Bagehot*. Ed. Norman St John-Stevas. Vol. 4. Cambridge: Harvard UP, 1968.

Gray, Thomas. "Elegy Written in a Country Churchyard." *The Works of Thomas Gray, in Prose and Verse*. Ed. Edmund Gosse. Vol. 1. New York: AMS Press, 1968. 71–80.

Mill, John Stuart. *The Collected Works of John Stuart Mill*. Ed. Francis E. Mineka and Dwight N. Lindley. Vol. 17. Toronto: U of Toronto P, 1972.

Milward, Peter. *Seasons in England*. Ed. Kazuo Tamura. Tokyo: NAN'UN-DO, 1976.

Morgan, Rosemary and Shannon Russell. A Note on the History of the Text. *Far from the Madding Crowd*. By Thomas Hardy. London: Penguin, 2003. xxxiii–xliii.

——. Notes. *Far from the Madding Crowd*. By Thomas Hardy. London: Penguin, 2003. 354–91.

Southey, Robert. "The Battle of Blenheim." *The Poetical Works of Robert Southey, Collected by Himself*. Vol. 6. London: Longman, Orme, Brown, Green, & Longmans, 1838. 151–53.

Springer, Marline. *Hardy's Use of Allusion*. Kansas: UP of Kansas, 1983.

Squires, Michael. *The Pastoral Novel: Studies in George Eliot, Thomas Hardy, and D. H. Lawrence*. Charlottesville: UP of Virginia, 1974.

鮎沢乗光『トマス・ハーディの小説の世界』、開文社出版、一九八四年。

丹治愛『ドラキュラの世紀末——ヴィクトリア朝外国恐怖症の文化研究』、東京大学出版、一九九七年。

福岡忠雄『読み直すトマス・ハーディ』、松籟社、二〇一一年。

第十章　当時の批評から

高橋　和子

一

『はるか群衆を離れて』の発表当時の評価がどのようなものであったかを調べるうちに、ヘンリー・ジェイムズの恐るべき文章に出会った。その最後の部分に「作中の人間的なものはどれもこれも作り物で空疎な印象しか与えない。リアリティを感じられるものは羊と犬だけ」とあるではないか。あの文豪がいったいなぜこんな言葉を吐くのか、腰が抜けそうなショックを受けた。また、彼と同じように、多くの批評家はこの作品とジョージ・エリオットの作品との類似点を指摘し、イミテイションではないのかと主張した。今から一四〇年も前の文壇の状況などわかるはずもないことながら、それらを通して、彼らの批評がどのようになされたのかを探り、この作品の当時の評価やその位置を確かめたい。

一八七四年一月三日付のR・H・ハットン氏による『スペクテイター』は、次のように報じた。

著者名なしで連載が始まったこの小説は、あまりに精緻であり絶妙なできばえであるために、失礼は承知のうえで、つい作家が誰であるのかを詮索したくなってしまう。つまり『はるか群衆を離れて』を書いたのが、ジョージ・エリオットでないとすれば、小説界に新星が現れたということになる。最初の数章だけでも、そのページのことごとくにおいて、存命の作家中、真に偉大な英国作家である彼女にしか書けないような、ウィットと叡智が響き合う文章を見ることができるからだ。（中略）星々との親交を描いた一節などは、学識と詩趣に満ちていて、誰の筆になるものかは一目瞭然なのである。(Schweik 165)

この記事を読んだ『コーンヒル・マガジン』の編集長レズリー・スティーヴンは、我がことのように喜び、ハーディ宛に早速お祝いの手紙を書く。第一回目が好評であり、ハーディが星座の名前を知っていたので『スペクテイター』は作者がジョージ・エリオットではないかと思っていると。『はるか』は最初、当時の慣習に従い、著者名なしの匿名で連載された。そのために、一部からは実際の作者はジョージ・エリオット（以下G・エリオット）ではないかと思われたのである。そう思われたことが当時それほど喜ばれるべき事柄であったのには、それなりの理由があった。まず、彼女はイギリス文壇の大御所的存在であり、存命中の偉大な思想家の一人でもあったこと。ほんの駆け出しのハーディに対し、『アダム・ビード』、『フロス河の水車場』、『ロモラ』、『サイラス・マーナー』に続き、彼女の最高傑作と言われる『ミドルマーチ』を二年前に発表しているからだ。

一八七四年一一月、『はるか』は二巻本として出版された。すると次々に六誌がこぞってその評を載せたのである。同年一二月五日『アシニーアム』、一九日再び『スペクテイター』、二四日『ネイション』、年が明けて一日『ウェストミンスター・レヴュー』、二日『アカデミー』、九日『サタデイ・レヴュー』。全誌が口を揃えて、これはG・エリオットのイミテイションだ、と書き立てたのである。『アカデミー』のアンドリュー・ラング氏のみが、その文の末尾にこの作品の挿絵についてH・ペイターソン嬢の優雅な画を讃える一言を揚げなければならないと記した。以上の中から三誌を取り上げて検討することとする。

まず第一に気になるのは『スペクテイター』だが、前回同様R・H・ハットン氏が執筆している。彼は先ず神学者であり（初めユニテリアンであったが英国国教徒となる）、時の文人であり、『スペクテイター』の共同編集長、所有者でもあり、死の時までその地位にあった人物である。当時の人々がいかに『スペクテイター』の言説に重きをおいたのか、L・スティーヴンの喜び方からもそれは自ずと知れるばかりでなく、他の批評家達への影響が絶大なものであったこともわかる。この作品がG・エリオットによらないのであれば新星が生まれたのだとのハットンの第一声は大波のように、当時の批評家達に浴びせかかったのだから。その内容をかいつまんで要点のみを書く。

ハットン氏は前回の文を踏まえた上で、次のように言う。この本を読む人はだれでも一瞬、この非常に独創的で面白いストーリーは、きっと高いユーモアのセンスや能力の持ち主が書いた本であることを疑わないだろう。描かれた全てのことは新鮮で衝撃的だ。ドーセットシャーは新しい分野であるが、少なくとも農業に関する限りハーディはよく研究し、羊飼いたちやビアハウスの内部、ゴシップ、雷や嵐などの描写は強力なイマジネイションにより、生き生きとなされている。しかしそれらの画が果たして真実なのかどうかはわからない。チェックする方法がないから。また農夫にハーディ自身の持つ一級の聖書的超絶論者の思想を語らせるというのは、この本の欠点であり、皮肉にも彼はこの点、G・エリオットを真似ている。彼女には自分のアイデアと登場人物との間には決して矛盾がないが、ハーディにはそれがある。トロイとファニーは力強く描かれているが、バスシバとオウクは半分だけだ。ファニー・ロビンは良い。ヒロインとヒーローがうまく書かれていないので失望した。ミスや欠点はあるものの、全体的には優れた作品。現代小説の中で珍しい性格を持つ。

ドーセットシャーの農村風景は新しく生き生きと描けていると評しながら、何故その描写が真実かどうかをチェックする必要があるのだろうか。ハットン氏にとって、ウェセックスというハーディが古王国から借りた名前により、この作品を一九世紀の小説としてではなく、時代をもっとさかのぼって考えたのだろうか。G・エリオットの農村世界は認められても、ハーディのそれは認められないというのだろうか。この時代はリアリズムによる表現のみが絶対視されていたのだろうか。次々と疑問が湧き出してくるけれども答えは後に回そう。

次に実例を挙げてこの作品とG・エリオットとの関係を論じた『ウェストミンスター・レヴュー』を見てみよう。名が伏せられ誰によって書かれたのかを知る術はない。要点のみ記す。

一六年前に『アダム・ビード』が他のすべての小説に対したと同じように『はるか』も立っている。ハーディ氏はまだG・エリオットのかち得た高みに達してはいないが、『アダム・ビード』と種々比較できる。ともに農民階級を扱うが、そこに模倣はない。三組の対応する人物。軍人アーサー・ドニスンとヘティ、軍人トロイとファニー、アダム・ビードとオウク。G・エリオットはアーサーの造型に失敗。ヘティにしたような行為を紳士階級のアーサーがするわけがない。赦免状を手に駆けつけるメロドラマチックなシーンは馬鹿ばかしい。一方、ハーディはセンセーショナリズム。オウクの羊、火事、雷、バスシバを誘惑するためのトロイの剣の舞など。ハーディは真の芸術が何かを知っている。センセーションを与えなければならないのには理由があるからだ。トロイのほうがアーサーより真実味がある。G・エリオットは、アダムに自分の豊かな思想を詰めこみすぎた。今までに、アダムのような労働者がいただろうか。オウクはそうではない。バスシバは虚栄心が強く利己的。チャールズ・リードの発明になる。彼女はボールドウッドやオウクを弄んだ。トロイとのことに同情はできない。バスシバがオウクと結婚するのは、無情で金銭づくだから、ただ単にその農場とお金を守るためだったのだ。バスシバはこの本の性格の一部でもあり、このような性格描写をハーディは誇るかもしれないが、あまり褒められるべきものではない。ハーディがG・エリオットの欠点に倣ったように、彼女の他の方面について模倣するよう希望する、と書いている。

センセーショナリズムを欠点としながらも弁護したり、ハーディは芸術作品が何かを知っていると、自信ありげに言う。一体筆者は誰だろうか。この二つの作品は共にテーマは道徳問題であった。G・エリオットの場合はアーサーの口を通して「きみが償うことが決してできない間違いがある、といったことは真実だったね」とアダムにいう箇所に表現され、ハーディの場合は聖句「愛は寛容にして慈悲あり、愛は妬まず誇らず、たかぶらず、憤らず、人の悪を念わず、不義を喜ばずして、真理の喜ぶところを喜び、凡そこと忍び、凡そこと信じ、凡そこと望み、凡そこと耐うるなり、愛は長久までも絶ゆることなし」(『コリント前』一三)であり、オウクの言動全てを通して具現化したのではないだろうか。そしてオウクこそこの本の性格の大部分を成しているのである。ハーディの表現方法は、G・エリオットの方法であるリアリズム、『アダム・ビード』の一七章に見られるものとは違い、想像力と印象を加えたものとなっている、と考える。

二

最後にヘンリー・ジェイムズの執筆による『ネイション』を取り上げるのであるが、その前に少しばかりヘンリー・ジェイムズ(以下ヘンリー)の経歴やG・エリオットとの関係について触れておきたい。

彼の父はニューヨークの五指に入る資産家の息子。神秘思想に傾倒。神学者、哲学者として活躍。友人にはエマソン、カーライル、ミル。この家庭では各自が自分の考えをすべて言葉で表現することが求められた。ヘンリーは吃音があったり、体も弱かったりして、疎外感を持つ。父親が因習や標準的なものを嫌ったため、常にアメリカとヨーロッパの国々の間を移動しながら成長した。『アダム・ビード』を家族全員が読み、G・エリオットを称賛した。一八歳の時、近所の火事の消火を手伝い大怪我をする。その時の傷のせいか独身を通す。ハーバード大へ進むが二年で退学。文学や評論を志す。二一歳で初めて『ノースアメリカン・レヴュー』に評論を書き、短編を書いた。『ネイション』に評論を書き始める。G・エリオットの『フィーリックス・ホルト』を無条件で楽しみ、三日で読み上げ書評を書いた。恥ずかしくもなく載せた雑誌名は言いたくないと。しかし彼はこの作品が自分に魔力を及ぼすのを許し、それを必要としていることを意識し、その魔力を捉え、決して見失うことはなかったという。彼女の『スペインのジプシー』についての評は『ネイション』に。

一八六九年二六歳の頃、単身でヨーロッパへ。この時第一回目のG・エリオット詣でを行った。ヘンリー最晩年に口述筆記によって書かれた自伝によれば、この時の模様がまるで昨日のことの様に伝えられている。絶妙な気持ちで思い出すことがあると前置きして、ノース・バンクの涼しい静かな客間へ、にこやかなG・エリオットによって通されたこと。この時G・H・ルイスは火急の用事で留守。彼の息子が里帰り中で、西インド諸島で起きた事故のため、牛に突き飛ばされた大怪我の傷の痛みに苦しんでいた。そのために、あれ程偉大で高貴な人物が、人間的に普通に動揺しているのを見てヘンリーは無限に感動を覚えた。その動揺には何か澄み切って気高いところさえあった。G・エリオットは黒い絹のドレスを着て、頭にはレースのマンティラをつけ、両側に長く豊かな黒髪を垂らしていた。威厳と気高さがいや増しているのを覚えている。そんな時でも会話は行われた。彼女とルイスは短い休暇旅行でフランスへJ・S・ミルに会いに行ったのだが、至るところで「邪悪な顔付き、ああ、あの邪悪な顔付きったら！」に出くわし、楽しみを台無しにされたと語ったのだ。勿論事実婚についてである。ヘンリーは彼女の暗い顔に凡庸さがないことに関心をそそられたのだった。ヘンリーは、ルイスが帰ったら迎えに行くはずであったマジェット先生を、呼びに行く役を喜々として買って出た。そして一人で四輪馬車を走らせたのだった。そのことにより彼はG・エリオットとドラマティックに関係のできたことを喜んだのである。その日一日ヘンリーは心の特別な震えを愛しんだという。

一八七八年、第二回目のエリオット詣でをプレヴィル夫人の案内でしたという。ウィットリーに最近建てたばかりのG・エリオットの別荘を訪問。その時、通されたルイスと向き合って座るG・エリオットの部屋は氷のように冷たく感じられた。お茶の時間でも何も出ない。その時交わされた一言たりとも思い出すことができない。帰りにルイスに待つように言われ、馬車に乗り込んだヘンリーの膝の上に、「持って行ってくれ！　持って行って！」と投げつけられた本。それは自分の最新の二巻本『ヨーロピアン』であったのだと。この本はプレヴィル夫人がヘンリーに告げずに、ルイス宅へ送ったものであった。ヘンリーがエリオット夫妻の意識の中に入り込んでいないことは、ルイスの掃いて捨てるような身振りに如実に表れていた。それにもかかわらずヘンリーは『ダニエル・デロンダ』のファン中のファンであったと述懐したのである。

少し後もどりして、一八七四年一二月二四日付のヘンリー・ジェイムズによる『ネイション』を要約する。

ハーディ氏のこの小説は輝かしい前ぶれ即ち、『スペクテイター』により、「これはG・エリオットが書いたのか、或いはよく似た書き方をした者によって書かれたのではないか」というふれ込みにより世に送り出された。人々はこのことをある意味理解できるであろう。

そのヘネリーにコップを渡したジャン・コガンというのは、大きな赤い顔の男で、時々こっそりと目を光らせる。彼の名前は、この二〇年間数え切れないほど結婚式の花婿付添人として、あるいは主要立会人として、ウェザーベリーやその近在の結婚登録簿にのっている。また彼はなんともいわれぬ楽しい種類の洗礼式で、名付け親の役を務めたことも一度や二度ではなかった。（八章）

のようにこれこそG・エリオットのユーモラスな形式の模倣なのである。『サイラス・マーナー』の著者は、愚かな農民達のビア・ハウスやいろり端での会話の筆者としての才能により、その名声の少なからぬ部分を勝ち得たからである。ハーディ氏は、G・エリオットの農民生活を疑いもなく研究し、彼女の視点やトリックを取り込み、器用に真似たのである。その差は、オリジナルとイミテイションの差である。多種多様な仕草の人物たちをおき、その口を一風変った語り口で満たししたり、彼らにおどけた名前を付けたりした。けれどもG・エリオットの持ち合わせたような魔力がない。ハーディ氏の小説は非常に長いが、主題は短く単純なものだ。手短かに述べること。くどくどと締まりがなく、一片の語りさえただ一重に非芸術的なのである。均衡のセンスは少しあるが、作文力はほとんどない。多くの会話は、それが小説の会話であることを忘れてしまっている。会話だけでストーリーを語るなど、世界で最も難しい芸術だ。一つのヒントとしてハーディ氏の書き方（微笑や時計の長い説明）は読者の妨げとなり、憂鬱にさせる結果となっている。量よりも質だ。彼なら半分にできる。しかし、次のような素晴らしい文章を追放するわけにはいかない。

その時、三度目の稲妻が光った。ものすごい大演習が頭上の大天井で繰り広げられているのだ。稲妻は今や銀色になり、甲冑をつけた軍勢のように、空にきらめいた。雷の音が、ひときわ大きくなってきた。高いところに上がっているゲイブリエルは、少なくとも前方六マイルの情景を、ひと目に見渡すことができた。生垣もやぶも、木も、みんな、線描きの版画のようにくっきりとしている。同じ方角にある囲い牧場の中では、若い牝牛の群れが、ちょうどこの時、後足や尻尾を空高くはね上げ、首を地面近くまで沈めながら、すっかりうろたえて、気でも狂ったように駆け回っているのが手に取るように見えた。すぐ前の一本のポプラは、磨き上げたブリキに、インクの棒を引いたようだ。一瞬すべての情景が消えてしまい、後には、ただ真っ暗闇があるばかり。ゲイブリエルはひたすら手さぐりで仕事を続けた。（三七章）

ハーディ氏は自然を非常に巧妙に記述している。作品中で最も純粋なのは田園風景の中の家庭や田舎道であり、牧場の放つ確かな香りである。（このあと『はるか』のストーリーを追う）ゲイブリエルはバスシバに対しあまりにも良すぎた。この本の主たる目的は、ゲイブリエルの彼女に対して捧げられた情熱と沈黙、縛られた彼の時間、正直さ、単純さ、それに強い忍耐を嘲笑った女性に対する思いもよらない程の奉仕的な助力なのである。彼女は、最近流行の若い貴婦人の女性らしさに精通しているチャールズ・リード氏の発明による。だが、ハーディ氏によって具体化されたバスシバはチャールズ・リードと歩調を合わせてはいるがリアリティに欠け、漠然として下品で常に技巧的に見えるのだ。ハーディ氏の問題とは、往々にして野心的技巧の域を越えられないこと、言い換えると、情熱とか深みとか英知が欠けていながら、機械的にそれらがあるように見せかけているということである。農場主ボールドウッドは中身のない影のような存在だし、トロイ軍曹は入念に細工された舞台役者に過ぎない。この小説の人間的なもののどれもこれもが作り物で空疎な印象しか与えないのだ。リアリティが感じ取れるものは羊と犬だけ。しかしいうならば、ハーディ氏は道を踏み間違えているのだが、その踏み間違え方が実に賢明であるために、この浅はかな小説が、いかにも良いものであるかのように装ったきわめて奇妙な構造となっている。

以上であるがなんととげとげしい、ヒステリックな批評だろう。この頃、G・エリオット信者の中にいたと正直に自伝の中で書くほどのヘンリーにしてみれば、最初の『スペクテイター』一月三日付のハーディの紹介を読んだ瞬間、もはやハーディは許せぬ存在へと変化してしまったのかもしれない。自分の最も崇拝するG・エリオットをあまりにも巧みに真似るハーディ、と考えたに違いない。それにしても『ウェストミンスター』がセンセーショナリズムの一言で片付けた雷のシーンを、ヘンリーは良い文章として例文に挙げているのにもかかわらず〝一片の語りさえただ一重に非芸術的〟とか〝作文力はほとんど全くない〟とか〝量より質〟あるいは〝リアリティーが感じられるのは羊と犬だけ〟といった言葉は、なんだか胸にぐさりと杭を打ち込まれたような気分にさせられるのである。土台この時期のハーディとG・エリオットを並べてみることなど無理というものかといって、ヘンリーの指摘が正しくないなどと決して言えないのだから始末が悪い。正に真を突いているのだ。それにしても、批評は冷静に一定の基準のもとでなされるべきである。

三

当時は一体どんな尺度が用いられたのだろうか。残念ながら七〇年代にはそのような理論的な根拠となる尺度は存在しない。一〇年後になってようやくヘンリー自身の書いた『小説芸術論』の中で初めてそれを知ることができる。驚くことに、これが一九世紀に書かれた英語文学圏における最初の小説の芸術理論であり一種の声明書である、ともいわれたのである。そういうわけで『小説芸術論』の要点のみを記すことにする。

小説は芸術の一部門である。この新教徒の国（イギリス）では、芸術は何故かわからぬが道徳とは相反するものであると考えられている。小説は一切のものから自由であると同時に真面目な文学の一形式である。小説に負わせることのできる唯一の義務は、小説は面白いということ。それを達成する道は無数にある、その方法は人間の性質のように多種多様である。他人と異なったある特定の精神を表現できれば成功している。広義の定義を与えるならば、小説とは人生についての個人的かつ直截的な印象なのだ。その価値は印象の強烈さに応じ大きくもなり小さくもなる。だが自由がなければ価値もない。小説家に制限は一切ない。法則のようなものは何もないのだ。リアリティを把握しない限り、良い小説は書けない。けれども、それを産み出す秘訣を教えるのは難しい。人間性は計り知れないし、現実には無数の形、体験がある。また、体験しなくても、想像力で補うことができる。この才能は重要。現実の細部の様態が小説の最高の長所であるように思う。もし、このリアリティが存在しなければ、他の長所はなきに等しい。少しでも論ずるにたる小説において、その意図が事件を語らない描写の文章や会話の小説を考えることはできない。小説は生き物である。他の生物と同じように、全て一体となり、一貫しているものである。

人生の幻影を作り出すこと。この精巧な制作過程を研究することが小説家の技法の全てを形成するものである。小説の唯一の分類は生命のある小説と生命のない小説があるだけである。

批評家は芸術家に彼の主題、考え（意図）、ドネ（構想）をまかせなければならない。そして我々の批評は彼がそれらをどのように扱ったかだけに向けられるのである。批評家が作家を尊敬すると公言するのなら彼に選択の自由を許容しなければならない。

芸術作品を「好む」とか「好まない」という昔ながらの批評形式にとって代わるものはないだろう。批評がどのように進歩しても、この原始的な基本的な試金石は捨てられないだろう。芸術家を公平に判断することができるのは、彼に対して次のように言う時だけである。

「主題は何にするかはあなたに任せる。そうでないと、予め私の方から書くことに注文をつけることになってしまう。そんな責任は御免こうむりたい。もし私が僭越にもこれはだめだなどと言い出せば、あなたはどれならいいかと私に迫るだろう。それは困る。さらにあなたの方からデータを出してくれないと測定しようがない。私には物差しがあり、基準があるが、あなたの楽器そのものにけちをつけて、楽曲を批判する権利はない。勿論、私があなたの主題が全く気に入らず、馬鹿げているとか陳腐だとか不潔だとみなすことはありうる。その場合は何も言わず手を引かせてもらう。こんな主題じゃ読者の興味を惹けるはずがないとの予測にとどめて、それをわざわざ論証をしたりはしない。後は、あなたも私もお互い無関心でいればいいだけのこと。人の好みは千差万別であることはいまさら言うまでもない。あなたは誰よりもそれを良く知っているはずだ。人によっては、それなりの理由で、大工について書かれたものを読むのが嫌だと言う人もいる。またある人は、さらなる理由で、娼婦について書かれたものを読むのを嫌がる。アメリカ人に異議を唱える人もいるし、イタリア人は見るのも嫌だと言う人もいる（主に編集者や出版社がそれに当たる）。静かな主題が嫌いな人もいれば、騒がしいのは嫌いだという人もいる。完全に騙されるのを楽しむ人もいれば、騙されるふりをすることを楽しむ人もいる。どのような小説を好むかは人さまざまなのだ。あなたの主題がそもそも気に入らない人は、あなたがどう書こうが気に入ってはくれないのである」。

芸術作品の最も深遠な質は常に製作者の精神の質にある。それに知性があれば、美と真実を持つことになる。優れた小説で浅薄な精神から生まれたものはない。作品を全力をつくして完全なものとすることだ。

以上『ネイション』の記事と関係があると思われる箇所を重点的に取り上げた。もともとこの『小説芸術論』は、ウォルター・ベザント氏が王立研究所で行った講演に対し、その主張に不満を抱いたヘンリーが、それに対する反論として書いたものである。そのため、すっきりとした文章になってはいない。当時のイギリスの道徳観念は、アメリカ生まれのヘンリーのまったく自由な芸術への向き合い方を阻害しかねないものであり、ヨーロッパの文壇にも出入りしている彼にとっては、ベザント氏の考え方、理論はだいぶ劣ったものに映ったのではないだろうか。そのような理由なのか、あるいはヘンリーの性格なのか、この反論もベザント氏にとって非常に厳しいものとなっている。

四

ここまで当時の『はるか』に対する批評や、その根拠となる理論に関し、概観したつもりである。その結果、わかってきたことがいくつか挙げられる。まず、ここまでくるとヘンリー・ジェームズは批評家として確かな尺度を持ち、理論をふまえた上でハーディの作品に対峙していたことを認めざるを得なくなる。『ネイション』に書いたヘンリーの理論は、そのまま一〇年たっても変わらず『小説芸術論』で繰り返されていることが明白だからだ。文壇の大御所は確かにG・エリオットであり、この時、彼女はその最高傑作といわれる『ミドルマーチ』を世に送り、二年が経過していたのである。そして人々は彼女の文学の芸術的手法であるリアリズムを最高の手本としたのだった。彼女の右に出る者は未だ出現していなかった。『スペクテイター』のハットン氏がハーディの描いた農村風景が真かどうかチェックできないのでわからないとした理由は正にここにあったのだ。ハットン氏にとってハーディの描いた農村がどうしても現実に存在するものでなければならなかったのである。しかしハーディはウェセックスを創造し、生き生きとそこに住む農民や農村風景を描出してみせたのであった。多くの批評家たちはこの風景描写をG・エリオットを真似たと考えたのだった。

次に芸術作品としての小説について、『はるか』を書いた時のハーディの立ち位置と、批評したヘンリーの立ち位置の違いである。ヘンリーは『はるか』を芸術作品の一つとして手厳しい批評を書いた。〝一片の語りさえ、ただ一重に非芸術的なのである〟とか〝リアリティのあるのは羊と犬だけ〟といった条りである。ハーディがこの頃、スティーヴンに書き送った手紙は当時の心情を良く告げているので引用する。

「連載形式で物語を読んでいる人たちを喜ばせるためならば、これを全体として読んだ時に好ましいと思われるどんな点を諦めても構わない。いやさしあたり是非諦めたいというのが私の本音です。おそらくいつの日にか私は、もっと高邁な目的を持ち完成された作品の持つ芸術的バランスを強く求めるようになるでしょう。しかしさしあたり、私は連載小説の名手と思われることだけを望む状況にあるのです」。

実はこの時彼［ハーディ］はこの年のもっと後に、ある目的を遂げたいと決意していたのだ。その目的に比べれば芸術的な作家であるという高い名声など、普段の場合より重要ではないように思えた。(F. E. Hardy 100)

ハーディーはエマ・ギフォードとの結婚を目前にして、経済的な必要のため、芸術的な作家への夢を連載作家の名手となることにすり替えてしまったのだ。完成された芸術作品を始めから書こうとはしなかったわけである。二流品だというのだろうか。ヘンリーはその『小説芸術論』で示したようにG・エリオットのリアリズムとは少し違う考え方をしている。言語を媒体として成立する文学という芸術の一形式をヘンリーは、一切のものから自由な表現形式だとした上で、リアリティが把握されなければ、他の一切の長所は無きに等しい。が、想像力で補うことができる、と想像力で書かれたものを認めている。ヘンリーは決してハーディの創造したウェセックス世界を否定するようなことはなかった。むしろその自然の香りを讃えた。だが人物についてハーディの創造した人物たちに衣装は美しく着せられたけれども生命が吹き込まれていない、と。リアリティが感じられないというのだ。そして羊と犬だけが、それをもつというわけだ。何故だろうか。ハーディはこの時期まだ、目に見ることのできない人々の心の中まで描出する力を持ってはいなかった。この心理描写は、言語のみで表現されなければならない文学芸術にとって、最も難しい問題であろう。しかしハーディは『はるか』においては、自然描写は大体の批評家を満足させている。

どの芸術部門に限らず、問題とされることがある。それはその作品のもつ品位、品格の問題である。『ウェストミンスター・レヴュー』の記者はバスシバの性格描写についてあまり褒められたものではないと論じた。ヘンリーはバスシバは下品だと。ヴィクトリア朝の人々にとって、バスシバという名前を聞いただけで、良いイメージは湧かない。あの有名なイスラエルの王ダビデとウリアの妻バスシバを想起させるからだ。湯浴みするバスシバを盗み見したダビデは、彼女の美貌に心を奪われ、宮中に召し、不義を行った。その懐妊を知ると、勇士ウリヤを戦場の最前線に送り、戦死させてしまったのだ（『サムエル後』一一章）。ハーディは読者の目をどうしても引きつけたかった故の命名であろうが確かに品の良いイメージは湧いてこない。同じ聖書の名前からとられたヒーローの名はゲイブリエル。あの受胎知をマリアに告げる天使の長のものだ。『はるか』を読んだ者は誰でも、きっとゲイブリエルに対して深い感動を覚えたのではないだろうか。決して派手な存在ではなかったけれども。そしてたとえその作品が一流の芸術作品と言えなくとも、である。

芸術作品を「好む」とか「好まない」という批評形式に取って代わるものはないし、批評がどのように進歩しても、この原始的な基本的な試金石は捨てられないであろう、との名言をヘンリーは吐露しているが、まさにその通りであった。二〇世紀に入ると膨大な数の批評を必要とする小説を持て余した書評家達は、最早ただ単に読者に対し、「その本が好きか嫌いか」だけについて、その理由を述べさえすれば、それで良くなってしまったからである。

ヘンリー自身もこの原始的な試金石を捨て去ることができなかった。ハーディに対してである。ハーディがG・エリオットに間違われたことを知った瞬間、ヘンリーはハーディの作風を好む理由のすべてを奪い去られてしまったに違いないからだ。そしておそらく生涯を通して。

引用文献

Cecil, David. *Hardy The Novelist; An Essay in Criticism*. London: Constable, 1969.
Cox, R. G., ed. *Thomas Hardy: The Critical Heritage*. London: Routledge & Kegan Paul, 1976.

Hardy, Thomas. *Far from the Madding Crowd*. Ed. Schweik, Robert C. New York: Norton, 1986.

James, Henry. *The Art of Fiction*. *Longman's Magazine*. 4 September 1884. Rpt. in *Partial Portraits*. London: Macmillan, 1905.

Woolf, Virginia. *The Essays of Virginia Woolf*. Vol. 5. 1929–32. Ed. Stuart N. Clarke. London: Hogarth, 2009.

ジョージ・エリオット『アダム・ビード物語』（下巻）小谷専三訳、たから出版、一九八七年。

ヘンリー・ジェイムズ『自伝』、第三巻第五章　市川美香子他訳、大阪教育図書、二〇〇九年。

あとがき

一九八六年四月一九日に産声を上げた十九世紀英文学研究会も今年で三〇歳を迎えた。一九九五年に『「テス」についての13章』の論文集を発刊して以来、『「ジュード」についての11章』、『「カスターブリッジの町長」についての11章』と続き、今回『「はるか群衆を離れて」についての10章』を上梓する運びとなった。

論文集を四冊刊行する間には、少しずつ変化があった。横書きが縦書きに、菊版が四六版に変わり、今回は出版社と引用文献の記載方法（典拠明記など）が変わった。しかし「小説の読み方・論じ方」というサブタイトルは踏襲している。これは研究会の姿勢と重なる。会員たちは、自分の小説の読みを発表し、他の会員たちから活発な質疑を受け、それに応答しながら、論旨を顧みる機会を得る。会員たちはこの切磋琢磨した研究成果を、数年に一度一冊の書物の形に残すのである。この論文集には、大学生や大学院生そして研究者に対して、反面教師であることを含めて、お役に立てればとの意向もある。小説の読み方や論じ方はさまざまであるが、作品中に仕掛けられた作家の意図や技巧を探り、作品の構造や形式に注意を喚起して、作品に込められた登場人物の心理や行動を分析することは、小説への興味を一層深めることになるだろう。作家や登場人物の生きた時代や社会、文化や思想が、二一世紀の我々にどのように反映されているか、いかに関わっているかを問うことで、読みの楽しみや喜びは倍増するのではないだろうか。

研究会発足時を顧みると、代表を務めてくださった那須雅吾氏は、二〇一三年瑞宝中綬賞を受賞なさった。大榎茂行氏は故人となられたが、今なお強く会員たちの心の中に生きている。八四歳を迎えられた高橋和子氏は本書のアンカーウーマンであり、第一線を退かれた北脇徳子氏はトップライターである。初回から長きにわたって同志社大学が会場であったが、二〇一三年から同志社女子大学に移っている。昨今、英文学が凋落の一途をたどり、多くの学会や研究会では会員数が減少傾向にあると危惧されるが、本研究会においては、メンバーに変化があるものの、会員数は二〇年近く前からほぼ一定している。難解な研究書を読破することは勧められるが、発表には簡潔さを第一に置かれる本書の監修で、代表の福岡忠雄氏を中心とする研究会が、今後も談論風発を維持することができるかどうかは、会員諸氏がいかに研鑽を積むかにかかっている。時に舌鋒鋭く追及し、時に穏やかに語り合う研究会が継続することを願ってやまない。

統一を図るために、テクストは The New Wessex Edition (Macmillan) を使用して、*MLA Handbook* や『ハーディ小事典』(研究社) に準拠した。ただし、引用文献には print の語彙は使用していない。著書、著者、登場人物などのフルネームは初出のみとしたが、先行研究からの引用の場合は、その引用文に忠実に記している。読者諸氏からの忌憚のないご意見やご指摘、ご叱正をご教示願えれば幸いである。

最後になったが、出版を快くお引き受けくださり、細部にわたる行き届いた労をお執りくださり、ご配慮くださった音羽書房鶴見書店の山口隆史社長に心より感謝申し上げる。

二〇一六年十月

渡　千鶴子

マ

マードック、リディア　Murdoch, Lydia 117
マイゼル、ペリー　Meisel, Perry 8, 17
マイヤリー、スコット　Myerly, Scott Hughes 66–67
マティソン・ジェーン　Mattisson, Jane 156
マルコヴィッツ、ステファニー　Markovits, Stefanie 77
ミラー、J・ヒリス　Miller, J. Hillis 127
ミル、ジョン・ステュアート　Mill, John Stuart 176, 190
ミルゲイト、マイケル　Millgate, Michael 19–20
ミルトン、ジョン　Milton, John 107
『失楽園』*Paradise Lost* 107, 158
ミルワード、ピーター　Milward, Peter 178, 184
ミレイ、ジョン・エヴァレット　Millais, John Everett 65, 76
村上春樹 81
『海辺のカフカ』81
メイトランド、フレデリック　Maitland, Frederic 125
モイ、トリル　Moi, Toril 40–41, 54
モーガン、ローズマリー　Morgan, Rosemarie 21–22, 61, 74, 104–05, 126, 160, 183
森松健介 101
モレル、ロイ　Morrell, Roy 11

ヤ・ラ

ヤング、エドワード　Young, Edward 98
『夜想』*Complaint; or, Night Thoughts, The* 98, 100–01
ラカン、ジャック　Lacan, Jacques 124, 128, 135, 138, 141–43
ラドクリフ、アン　Radcliffe, Ann Ward 96–97
ラルミア、マシュー　Lalumia, Matthew 62, 70, 76
ラング、アンドリュー　Lang, Andrew 187
ラングバーン、ロバート　Langbaum, Robert 2, 9, 14, 17, 92, 101
リード、チャールズ　Reade, Charles 153, 189, 195
ルイス、G・H　Lewes, G. H. 191–92
ロッジ、デイヴィッド　David, Lodge 140

ナ

ニュートン、ジュディス Newton, Judith 115
『ネイション』*Nation, The* 187, 190–91, 193, 199–200
ネルソン、クラウディア Nelson, Claudia 117
『ノースアメリカン・レヴュー』*North American Review, The* 191

ハ

ハーディ、トマス Hardy, Thomas
　『エセルバータの手』*Hand of Ethelberta, The* 144
　『カスターブリッジの町長』*Mayor of Casterbridge, The* 48, 129, 149
　『帰郷』*Return of the Native, The* 142, 161, 163
　『森林地の人々』*Woodlanders, The* 21
　『ダーバヴィル家のテス』*Tess of the d'Urbervilles* 129, 161
　『日陰者ジュード』*Jude the Obscure* 161
　『緑樹の陰で』*Under the Greenwood Tree* 19, 123, 165
ハーディ、フロレンス・エミリー Hardy, Florence Emily 36, 142, 164
　『トマス・ハーディの生涯』*Life of Thomas Hardy, The* 21, 124, 165
ハービィー、ジェフリー Harvey, Geoffrey 105
バウドラー、トマス Bowdler, Thomas 142
ハサーン、ヌーラル Hasan, Noorul 10, 17
バジョット、ウォルター Bagehot, Walter 176
ハットン、R・H Hutton, R. H. 185, 187–88, 200
バトラー、ジュディス Butler, Judith 38–41, 59–61
　『ジェンダー・トラブル』*Gender Trouble* 38, 40, 59
バフチーン、ミハイール Bakhtin, Mikhail 84, 86–89, 92–93, 95, 99, 101
バロウズ、ピーター Burroughs, Peter 77
ビーゲル、スーザン Beegel, Susan 103, 120
ヒックバーガー、J・W・M Hichberger, J. W. M. 62, 64, 76
ブーメラ、ペニー Boumelha, Penny 22, 57, 104–05, 118
福岡忠雄 184
プティット、チャールズ・P・C Pettit, Charles P. C. 17–18
ブレン、J・B Bullen, J. B. 5, 13, 127–28, 181
フレンチ、デイヴィッド French, David 77
ペイターソン、H Paterson, Helen 187
ベイリー、ジョン Bayley, John 19
ベザント、ウォルター Besant, Walter 199
ヘンソン、エニャ Henson, Eithne 31
ポー、エドガー・アラン Poe, Edgar Allan 81, 135, 142
ボーヴォワール、シモーヌ・ド Beauvoir, de Simone 40–42, 44, 57
ホーキンズ、デズモンド Hawkins, Desmond 26

『コーンヒル・マガジン』*Cornhill Magazine, The* 20, 123–25, 137–38, 142, 144–45, 165, 172, 186
ゴドウィン、ウィリアム Godwin, William 99
　『ケイレブ・ウィリアムズ』*Things as They Are, or The Adventures of Caleb Williams* 99

サ

サウジー、ロバート Southey, Robert 181
　「ブレンハイムの戦い」"Battle of Blenheim, The" 181
酒井健 101
佐々木徹 63, 79
『サタデイ・レヴュー』*Saturday Review, The* 187
サッカレー、ウィリアム・M Thackeray, William M. 125
サムナー、ローズマリー Sumner, Rosemary 5, 74
ジェイムズ、ヘンリー James, Henry 19, 22–23, 26, 33, 35, 129, 153, 185, 190, 193, 204
　『小説芸術論』*Art of Fiction, The* 196, 199–201
シェリー、メアリー Shelley, Mary
　『フランケンシュタイン』*Frankenstein; or, The Modern Prometheus* 81, 83–84
ジジェク、スラヴォイ Žižek, Slavoj 135, 143
シャイアーズ、リンダ・M Shires, Linda M. 22–23, 35, 110
菅田浩一 101
スクワイアーズ、マイケル Squires, Michael 172, 184
スケリー、アラン Skelley, Alan 67, 71–72, 76
スティーヴン、レズリー Stephen, Leslie 20, 123, 125–26, 137–42, 144–45, 161, 165, 186–87, 201
スピアーズ、エドワード Spiers, Edward M. 61, 64, 66–68, 76
スピレッヒマン、エレン・ルー Sprechman, Ellen Lew 52, 58, 104, 122
スプリンガー、マリーン Springer, Marline 183
『スペクテイター』Spectator, The 185–87, 193, 195, 200
セシル、デイヴィッド Cecil, David 31

タ

ダーウィン、チャールズ Darwin, Charles 162
　『種の起源』*Origin of Species, The* 162
ダレスキ、H・M Daleski, Hillel Matthew 30, 148–50, 159
丹治愛 184
デイヴ、ジャガディッシュ・チャンドラ Dave, Jagdish Chandra 57
デヴィッドフ、レオノアとキャサリン・ホール Davidoff, Leonore and Catherine Hall 115–17
デリダ、ジャック Derrida, Jacques 135
トマリン、クレア Tomalin, Claire 145, 154
トラストラム、マイナ Trustram, Myna 76
トンプソン、エリザベス（レディ・バトラー） Thompson, Elizabeth (Lady Butler) 60

索　引

ア

『アカデミー』*Academy, The* 187
『アシニーアム』*Athenaeum, The* 187
アディ、ライオネル Adey, Lionel 29–30
アナン、ノエル Annan, Noel 125
鮎沢乗光 184
『ヴィクトリア朝のイギリス』*Victorian Britain: An Encyclopedia* 71
ヴィッテンベルク、ジュディス・ブライアント Wittenberg, Judith Bryant 107
ウィティグ、モニカ Wittig, Monique 38
ウィルソン、ベン Wilson, Ben 115
『ウェストミンスター・レヴュー』*Westminster Review, The* 187–88, 202
ウォルポール、ホラス Walpole, Horace 81
　『オトラント城』*Castle of Otranto, The* 81–84
ウルストンクラフト、メアリ Wollstonecraft, Mary 170
　『女性の権利の擁護』*Vindication of the Rights of Woman, A* 170
ウルフ、ヴァージニア Woolf, Virginia 19
エリオット、ジョージ Eliot, George 33, 185–96, 200, 203–04
　『アダム・ビード』*Adam Bede* 186, 189–91, 204
　『サイラス・マーナー』*Silas Marner* 186, 193
　『ミドルマーチ』*Middlemarch* 186, 200
オールティック、リチャード・D Altik, Richard D. 144–45, 162–64
　『ヴィクトリア朝の人と思想』*Victorian People and Ideas* 144, 164
『オブザーバー』*Observer, The* 22–23, 35

カ

ガーソン、マージョリー Garson, Marjorie 4, 26
カサグランディ、ピーター・J. Casagrande, Peter J. 11, 17
ギフォード、エマ・ラヴィニア Gifford, Emma Lavinia 20, 201
ギャスケル、エリザベス Gaskell, Elizabeth 77
　『北と南』*North and South* 77
旧約聖書 99, 136, 163
　『サムエル記』202
　『ホセア書』34–36
　『ルツ記』99
ギリガン、キャロル Gilligan, Carol 54
グッド、ジョン Goode, John 7, 10
工藤紅 59
グレイ、トマス Gray, Thomas 165
　「田舎の墓地で詠んだ挽歌」"Elegy Written in a Country Churchyard" 165
グレガー、イアン Gregor, Ian 16, 32, 172
ケント、スーザン・キングスリー Kent, Susan Kingsley 116
コーンウェル、ニール Cornwell, Neil 98

筒井　香代子（つつい　かよこ）
大阪市立大学非常勤講師

［主要業績］
『楽しめるイギリス文学――その栄光と現実――』（共著, 金星堂, 2002),「都市生活がもたらしたもの――*Jude the Obscure* を中心に」（日本ハーディ協会『日本ハーディ協会会報』第 31 号, 2005),『トマス・ハーディ全集　詩集I』（共訳, 大阪教育図書, 2011).

橋本　史帆（はしもと　しほ）
関西外国語大学講師

［主要業績］
「『ラッパ隊長』と「憂鬱なドイツ軍軽騎兵」における意味の二重構造――主に外国人兵士たちを中心にして」（日本ハーディ協会『ハーディ研究』第 39 号, 2013),「トマス・ハーディの『日陰者ジュード』――登場人物を通して見るイギリスとオーストラリア」（関西外国語大学・関西外国語短期大学部『研究論集』第 99 号, 2014),「『カスターブリッジの町長』再考――登場人物たちの人物造型が意味するもの」（関西外国語大学・関西外国語短期大学部『研究論集』第 102 号, 2015).

高橋　和子（たかはし　かずこ）
日本ハーディ協会運営委員

［主要業績］
『不可知論の世界――T. ハーディをめぐって――』（単著, 創元社, 1993),『「テス」についての 13 章』（共著, 英宝社, 1995),『「ジュード」についての 11 章』（共著, 英宝社, 2003).

坂田　薫子（さかた　かおるこ）
日本女子大学教授
［主要業績］
『トマス・ハーディ全貌』（共著，音羽書房鶴見書店，2007），『「カスターブリッジの町長」についての11章』（共著，英宝社，2010），『脇役たちの言い分――ジェイン・オースティンの小説を読む』（単著，音羽書房鶴見書店，2014）．

菅田　浩一（すがた　こういち）
四国学院大学教授
［主要業績］
『未分化の母体――十八世紀英文学論集――』（共著，英宝社，2007），『増補改訂版ゴシック入門』（共訳，英宝社，2012年），「「芋虫」におけるゴシック性」（四国学院大学大学院文学研究科紀要 *L&C* 第11号，2013）．

杉村　醇子（すぎむら　じゅんこ）
阪南大学准教授　博士（文学）
［主要業績］
『「カスターブリッジの町長」についての11章』（共編著，英宝社，2010），「「不可解な女」スー・ブライドヘッドのセクシュアリティ」（りべるたすの会『りべるたす』第27号，2015），“Promoting L2 Learner Autonomy in the EFL classroom using a Modern British Novel”（阪南大学『阪南論集』第51巻第1号，2015）．

高橋　路子（たかはし　みちこ）
近畿大学講師　博士（文学）
［主要業績］
『「カスターブリッジの町長」についての11章』（共著，英宝社，2010），“Queering Mothers in Michael Cunningham's *The Hours*”（『英文學研究』支部統合号第8巻，2016），『幻想と怪奇の英文学II』（共著，春風社，2016）．

執筆者紹介（執筆順）

福岡　忠雄（ふくおか　ただお）

元関西学院大学教授

［主要業績］

『虚構の田園——ハーディの小説』（単著，京都あぽろん社，1995），『トマス・ハーディ全貌』（共著，日本ハーディ協会編，音羽書房鶴見書店，2007），『読み直すトマス・ハーディ』（単著，松籟社，2011）．

北脇　徳子（きたわき　とくこ）

京都精華大学名誉教授

［主要業績］

『葛藤する米英文学——表象と生のはざまで』（共著，南雲堂，2004），『「カスターブリッジの町長」についての11章』（共編著，英宝社，2010），『文藝禮讃——イデアとロゴス——内田能嗣教授傘寿記念論文集』（共著，大阪教育図書，2016）．

渡　千鶴子（わたり　ちづこ）

関西外国語大学短期大学部教授

［主要業績］

『「カスターブリッジの町長」についての11章』（共編著，英宝社，2010），*New Horizons in English Language Teaching: Language, Literature and Education*（共著，Kansai Gaidai UP, 2013），『文藝禮讃——イデアとロゴス——内田能嗣教授傘寿記念論文集』（共著，大阪教育図書，2016）．

風間　末起子（かざま　まきこ）

同志社女子大学教授　博士（英語英文学）

［主要業績］

『フェミニズムとヒロインの変遷——ブロンテ、ハーディ、ドラブルを中心に』（単著，世界思想社，2011），「模倣を遊ぶ——*Wuthering Heights* (1847) と『本格小説』(2002)」（同志社女子大学『学術研究年報』66巻，2015），『文藝禮讃——イデアとロゴス——内田能嗣教授傘寿記念論文集』（共著，大阪教育図書，2016）．

十九世紀英文学研究会　その他会員

（50音順）

粟野	修司	（あわの　しゅうじ）	佛教大学教授
金子	幸男	（かねこ　ゆきお）	西南学院大学教授
河井	純子	（かわい　じゅんこ）	関西大学非常勤講師
木梨	由利	（きなし　ゆり）	金沢学院大学名誉教授
清水	伊津代	（しみず　いつよ）	元近畿大学教授
清水	緑	（しみず　みどり）	神戸女子大学教授
那須	雅吾	（なす　まさご）	同志社大学名誉教授
西山	史子	（にしやま　ふみこ）	神戸大学非常勤講師

『はるか群衆を離れて』についての10章

2017年1月15日　初版発行

監　修　福岡忠雄
編著者　渡　千鶴子
　　　　菅田浩一
　　　　高橋路子
発行者　山口隆史
印　刷　シナノ印刷株式会社

発行所　株式会社 音羽書房鶴見書店
〒113-0033 東京都文京区本郷 4-1-14
TEL 03-3814-0491
FAX 03-3814-9250
URL: http://www.otowatsurumi.com
e-mail: info@otowatsurumi.com

ISBN978-4-7553-0295-4
組版　ほんのしろ／装幀　吉成美佐（オセロ）
製本　シナノ印刷株式会社